KB032853

그라운드의 사령관

그라운드의 사령관 2

예성 현대 판타지 장편 소설

초판 1쇄 찍은 날 | 2016년 5월 23일
초판 1쇄 펴낸 날 | 2016년 5월 30일

지은이 | 예성
펴낸이 | 예경원

기획 | (주)위시북스
편집책임 | 박우진
편집 | 이즈플러스

펴낸곳 | 예원북스
등록번호 | 제396-2012-000132호
등록일자 | 2012. 7. 25
KFN | 제1-007호

주소 | 경기도 고양시 일산동구 호수로 646-24 위너스21 II 빌딩 206A호 (우)10401
전화 | 031-819-9431 팩스 | 031-817-9432
E-mail | yewonbooks@naver.com

ISBN 979-11-5845-576-7 04810
979-11-5845-578-1 (set)

※ 이 도서의 국립중앙도서관 출판시도서목록(CIP)은 서지정보유통지원시스템 홈페이지(http://seoji.nl.go.kr)와 국가자료공동목록시스템(http://www.nl.go.kr/kolisnet)에서 이용하실 수 있습니다.

WISHBOOKS MODERN FANTASY STORY

예성 장편소설

그라운드의 사령관 2

CONTENTS

그라운드의 사령관

1장

슈퍼루키

위험했던 7회 초.

윤정길은 세 번째 타자를 상대로 싱커를 던져 병살타를 유도했다. 그리고 성공했다. 타자는 어설프게 배트를 돌렸다. 공은 유격수에게 굴러 갔고 6-4-3 더블플레이가 완성됐다.

"나이스!"

"최고였어!"

윤정길이 더그아웃에 서서 들어가는 수비수들과 하나하나 하이파이브를 했다. 찬열 역시 마찬가지였다. 아니, 하이파이브에 더해 그의 엉덩이를 글러브로 툭 쳤다.

"나이스 플레이였다."

"감사합니다!"

"찬열이는 바로 타석에 나갈 준비해라."

김기홍의 말에 찬열이 고개를 끄덕였다.

"예!"

위기 뒤에 기회라는 말이 있다.

야구에서는 유독 이 말이 맞아 떨어지는 경우가 많았다.

7회 초.

위기를 넘겼으니 이제 자신들의 반격 차례다.

선수단 전원이 같은 생각을 하고 있었다.

타석에는 중견수 윤승준이 선두 타자로 나섰다.

찬열은 대기 타석에 서서 윤승준과 포수 그리고 투수를 번갈아 가면서 쳐다봤다.

'윤승준 선배의 스윙을 봤을 때 썩 나쁜 컨디션은 아닌 거 같아. 문제는 타이거즈 선발, 데일의 공이 좋다.'

타이거즈의 개막전 선발은 외국인 투수 데일이었다.

메이저리그, 일본리그를 거쳐 올 시즌 처음으로 한국에서 뛰게 된 선수다.

'일본에서 뛰는 3년, 첫해 17승을 올렸지만 2년째부터 성적이 떨어졌다. 마지막 해에는 시즌이 끝나기도 전에 계약 해지가 됐었지.'

그걸 타이거즈가 데려온 것이다.

확실히 구위가 좋았다. 덕분에 7이닝 동안 와이번스 타자들은 꽁꽁 묶였다.

펑-!

"스트라이크!"

7회 말, 공을 80개를 넘게 던졌지만 여전히 구위가 좋았다.

'여전히 150km 초반대의 공이라…….'

구속만 놓고 보면 실패한 이유를 알 수 없다. 하지만 그에게는 치명적인 단점이 있었다.

펑-!

"볼."

펑-!

"볼."

바로 제구력이었다. 연속해서 볼이 네 개가 들어왔고 윤승준은 걸어서 1루에 나갔다.

"타임."

타이거즈의 포수 정기용이 마운드에 올라갔다. 동시에 찬열은 더그아웃을 바라봤다.

노아웃 1루다.

7회 말, 어떻게든 점수를 뽑아내야 될 타이밍이다. 그리고 자신은 데뷔전을 치르는 선수다.

더그아웃에서 사인이 나올 것이다.

하지만,

'사인이 나오지 않아?'

의아한 눈으로 더그아웃을 계속 쳐다보자 이동건 감독이 가볍게 제스처를 취했다.

'네 타격을 해라.'

이런 상황에서 저런 사인이 나오다니. 나를 믿어주는 건가?

찬열의 입가에 짙은 미소가 지어졌다.

'좋았어.'

자신을 믿어주는 지도자, 미국에서는 없었다.

포일이 나오면 마스크를 벗어야 했다.

삼진을 당하면 방망이를 내려놓아야 했다.

교체, 교체, 교체.

그런 일이 있을 때마다 자신감은 떨어졌다.

'하지만 여기는 날 믿어주는 감독님이 계신다.'

무척이나 든든했다.

그사이 투수와 이야기를 끝낸 포수가 캐처 박스로 돌아왔다.

"플레이볼!"

준비가 끝나자 심판이 경기 속행을 알렸다.

"응?"

정기용은 타석에서 타격 자세를 잡고 있는 찬열을 보고는 의아한 표정을 지었다.

[희생번트가 나올 거라 예상했습니다만 정찬열 선수, 타격 자세를 잡고 있습니다.]

[허~ 이건 의외로군요. 비록 하위 타선으로 이어지지만 교체 선수가 있기 때문에 희생번트를 하고 대타를 낼 거라 예상했는데요.]

해설위원도 의외인 상황.

그사이 데일은 1루에 두 번 견제구를 던졌다.

윤승준의 발이 느리긴 하지만 어떻게든 리드 폭을 줄일 생각이었다.

'정신적 안정을 찾기 위해서도 있겠지.'

찬열은 타석에서 잠깐 벗어나 배트를 가볍게 돌렸다.

허공을 가르는 느낌이 나쁘지 않았다.

'초구는 직구를 노린다.'

그 이유는 단 하나다. 이전 타자를 상대하면서 데일이 4개의 볼을 연속으로 던졌기 때문이다. 어떻게든 영점을 잡으려 할 것이다. 그러기 위해서는 가장 제구가 쉬운 공을 던져야 했다.

바로 직구가 그것이다.

'평소보다 힘을 좀 빼고 던지겠지.'

지금까지처럼 150㎞가 넘는 공은 아닐 것이다. 즉, 스윙을 조금 천천히 가져가도 된다는 소리다.

찬열이 다시 타석에 들어서자 구심이 다시 한 번 경기 재개를 알렸다.

"플레이볼!"

심판의 콜, 그리고 사인 교환.

고개를 끄덕인 데일이 투구 자세로 들어갔다. 그리고 슬라이드 스텝과 함께 공을 뿌렸다.

"흡!"

예상대로 직구였다. 코스는 한가운데로 들어오는 공이었다. 찬열의 왼발이 앞으로 이동하면서 무게중심 역시 따라갔다. 모든 무게중심이 넘어간 순간.

후웅-!

몸통이 빠르게 돌아갔다. 동시에 그의 배트가 매섭게 허공을 갈랐다.

딱-!

경쾌한 소리가 그라운드에 울려 퍼졌다.

"와아아아!"

관중들이 일어나 함성을 질렀다.

[간다! 간다! 간다!]

TV에서는 캐스터가 흥분한 목소리로 같은 단어를 내뱉었다.

"넘어가라! 넘어가!"

와이번스 더그아웃의 선수단은 하나같이 안전대에 붙어

공이 날아가는 모습을 지켜봤다.

"오…… 갓……!"

마운드 위의 데일은 모자를 벗어 던지고 허무한 표정으로 하늘에 뜬 공을 바라봤다. 그리고 배트를 내려놓은 찬열이 타구를 바라보며 1루로 향해 걸어갔다. 절반쯤 왔을 때, 3루심이 팔을 들어 돌리는 모습이 보였다.

[넘어갔습니다! 정찬열 선수! 7회 말 투런포를, 자신의 데뷔 첫 안타를 투런포로 터뜨립니다!]

* * *

경기가 끝나고 찬열은 집에 돌아왔다.

구장에서 샤워를 했지만 그는 다시 한 번 샤워를 했다.

몸을 닦으며 나온 찬열은 거실의 TV 전원을 켜고 스포츠 채널을 틀었다.

때마침 투데이 베이스볼이 방송 중이었다. 오늘 있었던 야구 경기를 정리해 주는 프로그램이었다.

프로그램에서는 대구에서 있었던 라이온즈와 이글스의 경기를 정리해 주고 있었다.

[이글스의 류성일 선수가…….]

소리를 들으며 찬열은 주방으로 들어갔다. 냉장고를 열자 반찬이 보였다.

여전히 어머니가 주기적으로 오셔서 반찬을 만들어주셨다.

반찬에서 눈을 뗀 찬열은 문 쪽 선반에서 맥주를 꺼냈다. 그리고 다시 거실로 나왔다.

때마침 프로그램은 와이번스와 타이거즈의 경기로 넘어가고 있었다.

[오늘 경기는 6회까지는 완벽한 투수전으로 이어졌습니다.]

해설위원들이 경기 장면을 보며 설명을 해주었다. 그중에는 찬열이 공을 잡아 2루로 던지는 장면도 있었다.

[정찬열 선수는 신인답지 않은 침착함을 보여주며 이규영 선수를 잡아냈습니다.]

자신에 대한 칭찬이 나오자 입가에 미소가 그려졌다.

찬열은 TV에서 눈을 떼지 않으며 맥주 캔을 땄다.

치익-!

[정찬열 선수의 활약은 여기서 끝이 아니었죠.]

화면이 바뀌었다.

7회 말, 타석에 서는 정찬열이 비춰졌다.

[볼넷으로 윤승준이 1루에 나간 상황, 모든 이가 희생번트를 예상했습니다. 하지만 와이번스 더그아웃은 정찬열 선수를 믿었죠.]

화면 속 데일이 초구를 던졌다.

[실투인지 아닌지 알 수 없지만 데일 선수는 초구를 가운데 직구로 던졌습니다. 그리고 정찬열 선수는 마치 기다렸다는 듯이 벼락 같은 스윙을 보여주었죠.]

높게 떠오른 공이 담장으로 넘어가는 모습을 바라보며 찬열은 맥주를 들이켰다. 차갑고 쌉싸름한 맥주가 목을 타고 넘어갔다.

[와이번스는 이 2점을 끝까지 지켜 개막전 승리를 챙겼습니다.]

[오늘 경기의 수훈 선수는 당연히 정찬열 선수입니다. 4타수, 2안타, 1홈런, 2타점을 올렸습니다. 포수로서도 신인 선수답지 않은 안정감을 보여주었죠.]

[개막전에서 두 명의 신인 선수가 수훈 선수로 선정이 되었군요.]

"큭!"

단숨에 맥주를 들이켠 찬열의 입가에 미소가 그려졌다.

"오늘을 축하하자."

프로 데뷔 첫 홈런이었다.

그동안의 노력이 보상받은 기분이다.

"그리고 잊자."

이제 시즌이 시작됐다. 벌써부터 들뜬 기분이 되어서는 안 된다. 그것을 알기에 찬열은 오늘까지만 기뻐하기로 했다.

그는 다시 한 번 맥주를 들이켜며 채널을 돌려 자신의 활약상을 리플레이하며 바라봤다.

* * *

4월이 빠르게 지나갔다.

찬열은 매일 포수 마스크를 쓰고 경기에 나섰다. 박현우가 부상에서 돌아왔지만 그건 달라지지 않았다. 신경이 쓰이긴 했지만 찬열은 크게 생각하지 않았다.

선수를 기용하는 건 전적으로 감독의 권한이다. 그걸 선수인 자신이 신경 쓸 이유는 없었다.

또 한 가지.

'프로의 세계는 냉정하다. 나 역시 지금은 마스크를 쓰지

만 언제 또 벤치에 앉을지 몰라.'

마이너리그 시절 뼈저리게 경험했었다.

누군가를 걱정해 줄 때가 아니다. 지금은 주어진 상황에 최선을 다해야 할 때다.

그래서일까?

노력만큼 성적이 따라왔다. 타격 전 부문에 걸쳐 그의 이름이 상위권에 자리를 잡았다. 특히 홈런은 6개로 1위였다.

하지만 찬열은 크게 신경 쓰지 않았다.

'타격은 싸이클이 있다. 올라간 만큼 내려가게 되어 있어. 시즌이 끝날 때까지는 내 실력이라고 볼 수 없다.'

조금은 기뻐할 수도 있었다. 하지만 첫 홈런을 터뜨린 개막전의 축배 이후 그는 기뻐하지 않았다. 더욱 채찍질을 했다.

그런 모습을 곁에서 지켜보는 선배들 역시 노력했다. 후배에게 추월을 당하지 않기 위해 말이다.

덕분에 4월이 끝났을 때 와이번스는 리그 1위라는 성적을 마주할 수 있었다.

이렇게 잘나가는 와이번스지만 사실 걱정이 없는 것은 아니었다. 그 걱정이란 바로 외국인 투수 토마스였다.

33살, 우완 투수. 빅 리그 통산 10경기 0승 3패를 올렸다.

경력의 대부분을 마이너리그에서 보냈지만 한국에선 기대가 컸다.

토마스는 빠른 강속구, 다양한 변화구를 가졌다.

무엇보다 커맨드가 좋았다. 그런 평가를 받았었다.

그런데 한국에 오니 적응을 잘하지 못했다.

외부적으로 봤을 때는 심판 혹은 타자들과 트러블이 있었다.

실제로 상대 팀 선수와도 트러블이 있었다.

내부적으로 봤을 때도 좋은 선수일지는 몰라도 좋은 동료는 아니었다.

원래 외국인 선수들은 국내 선수들과 잘 어울리지 못한다.

문화와 언어가 다르기 때문이다. 특히 언어의 벽이 높았다. 그래서 외국인 선수들은 같은 언어권끼리 모여 커뮤니케이션을 한다.

같은 팀이 아니더라도 말이다.

하지만 올 시즌은 미국 선수가 많지 않았다. 각 팀당 2명씩 총 16명의 외국인 선수 중 10명이 도미니카와 쿠바권의 선수들이었다.

6명이 영어권 선수들이긴 했지만 만날 확률이 줄어들었다.

자연스레 토마스는 외로움을 탔다. 타국에서의 외로움은 경험해 보지 않은 사람은 모른다.

특히 토마스는 고국에 와이프와 자식이 있었다. 눈에 넣어도 아프지 않을 자식을 보지 못하는 슬픔은 그를 더 힘들게 만들었다. 그리고 그럴수록 그는 더욱 날카로워졌다.

그런 분위기를 풍기니 다른 선수들도 선불리 다가오지 못했다.

찬열 역시 마찬가지였다. 두 번 호흡을 맞췄지만 모두 패배로 이어졌다.

너무 얻어맞아서 그런지 토마스는 두 번째 경기 직후 2군으로 강등됐다.

외국인 투수에게 강등이란 퇴출과 다름없었다.

많은 선수와 언론이 와이번스가 외인을 교체할 거라 이야기했다. 하지만 이동건 감독은 다른 선택을 했다.

토마스를 1군에 올린 것이다.

그리고 마지막 기회를 주었다.

＊＊＊

1군 승격 직후 토마스는 마운드에 섰다.

그 역시 이것이 마지막 기회인 걸 아는지 최선을 다해 공을 던졌다.

그래서일까?

5이닝을 무실점으로 타선을 틀어막았다.

이전 1군 경기에서 2이닝과 3이닝만 던지고 강판된 것을 감안했을 때 큰 발전이었다.

"토마스가 잘 던지는군요."

최호성의 말에 이동건이 고개를 끄덕였다.

"원래 좋은 투수였습니다. 하지만 타국에서의 첫 시즌이니 적응하는 데 시간이 걸렸겠죠."

"그래서 퇴출시키지 않은 겁니까?"

"먼 외지까지 왔으니 그 정도 기회는 주어야죠."

이동건의 말에 최호성이 미소를 지었다.

말은 쉽지만 외국인 투수에게 이렇게까지 기회를 주는 건 쉬운 결정이 아니다.

프로 리그에서 외국인 투수가 차지하는 비중은 매우 크다.

숫자가 제한적이란 것 자체가 그들이 리그에 미치는 영향을 이야기해 주었다.

게다가 그들에게 들어가는 비용도 컸다.

하지만 이동건은 위험을 감수했다. 그리고 토마스는 그 보답을 해주고 있었다.

5회 말, 공격이 끝나자 토마스는 다시 마운드에 올랐다.

시작이 좋았다.

첫 타자를 우익수 뜬공으로 돌려세웠다.

그러나 문제가 생긴 건 두 번째 타자에서였다.

펑-!

"볼."
"왓?!"
심판의 판정에 마운드 위의 토마스가 두 팔을 들어 올렸다. 그리곤 홈 플레이트 부근으로 내려오며 영어로 소리치기 시작했다.
"두 눈 제대로 달린 거 맞아?! 어떻게 방금 전 공이 볼이야!"
영어를 하지 못하는 구심, 하지만 분위기는 읽을 수 있다.
결코 호의적이지 않은 목소리에 눈살을 찌푸렸다.
"자꾸 그러면 you, 퇴장이야."
기분이 상했는지 영어와 한국어를 섞어 사용했다.
분위기가 심상치 않았다.
"또야?"
"이런……!"
와이번스의 더그아웃이 바쁘게 움직였다.
오늘 토마스가 워낙 공을 잘 던져 6회까지는 무난히 막을 거라 예상했다. 그래서 불펜이 아직 준비 전이었다. 급하게 전화를 걸었지만 준비가 되려면 시간이 걸리는 상황이었다.
이런 상황에서 퇴장이라도 당하면?
'최악이다.'
그때 찬열이 토마스에게 다가갔다.
"헤이, 좀 진정해!"

영어로 말을 걸어오자 토마스가 어리둥절한 표정을 지었다.

"너 영어 할 수 있었어?"

"조금. 어려운 단어는 이해하지 못해."

"하하! 그런데 왜 이야기하지 않은 거야?"

갑자기 웃음을 터뜨리는 토마스의 모습에 구심이 다가와 한국어로 물었다.

"이봐, 이거 타임이야?"

"아, 예, 죄송합니다. 타임 좀 걸겠습니다. 그리고 방금 전에 토마스의 이야기는 저보고 공을 좀 잘 잡으라는 이야기였습니다. 선생님께 이야기한 게 아니에요."

구심의 기분을 맞춰 주기 위해 찬열은 거짓을 이야기했다.

자신이 잘못 알아들었다 생각한 구심이 무안한 듯 헛기침을 하며 말했다.

"흠흠! 알았어. 빨리 끝내."

"네, 감사합니다!"

찬열은 다시 토마스를 데리고 마운드로 걸어갔다.

"이야기를 할 기회가 없었지. 너는 혼자 있는 걸 좋아했잖아. 다른 사람들이랑 어울리지도 않았고 말이야."

"그거야……."

"자세한 이야기는 나중에 하자. 지금은 시합에 집중해야 돼."

"오! 그렇지. 미안."

토마스가 진정한 모습을 보이자 찬열이 방금 전 불만에 대해 설명했다.

"한국과 마이너리그의 스트라이크존은 달라. 이미 경험했잖아?"

"음, 미안해, 오랜만이라 또 흥분하고 말았어."

미국 야구는 몸 쪽의 스트라이크존이 좁다. 반면 바깥쪽을 후하게 주는 편이었다. 하지만 한국 야구는 반대다. 몸 쪽은 후하고 바깥쪽이 의외로 짜다.

방금 전 토마스가 던진 공도 마이너리그라면 스트라이크 콜이 나왔어야 했다.

하지만 여기는 한국이다.

상대 팀 역시 같은 코스에 들어온 공을 잡아주지 않았다.

구심이 공평하게 존을 적용하고 있단 소리였다. 그런 상황에서 화를 내서는 안 됐다.

"일단 진정해. 흥분하면 상대한테만 좋은 일이야."

"음……."

"한국의 스트라이크존은 내가 더 잘 알아. 그러니까 내가 리드를 해줄게."

"네가? 넌 루키잖아?"

토마스가 믿음직하지 못한 눈빛을 보냈다. 그 모습에 찬열도 피식 웃었다.

"너도 한국에서는 루키 시즌이잖아?"

"하하! 그렇지. 맞아, 나도 루키였지."

한 방 먹었다는 듯 그가 웃음을 터뜨렸다.

마운드 위의 분위기가 좋아지자 더그아웃이 술렁였다.

"찬열이가 영어를 할 수 있었나?"

"글쎄요. 그런 거까지는 물어본 적이 없어서……."

백성원 코치의 말에 이동건의 시선이 다른 코치들에게 향했다. 다른 이들 역시 고개를 저었다. 모두 몰랐다는 뜻.

'미국에 갈 예정이었으니 영어 공부를 한 건가? 하지만 저렇게까지 능숙하게 대화가 가능하다고?'

이동건 역시 청소년 야구가 어떻게 흘러가는지 알고 있다.

배움을 위해 다니는 학교에서는 오로지 야구 기계를 만들고 있었다. 그렇게 탄생한 프로는 야구 이외에 할 줄 아는 것이라곤 아무것도 없었다. 야구만이 아니었다. 모든 운동부가 제대로 된 교육을 받지 못했다.

운동 바보가 되는 것이다. 그랬기에 찬열이 토마스와 막힘없이 대화를 하는 게 놀라웠다.

"어떻게, 불펜을 준비시킬까요?"

백성원이 물었다.

"예, 일단 준비는 시키세요."

이미 한 번 흥분한 토마스가 어떻게 나올지 몰랐다. 그랬기에 예방책을 준비해야 했다.

그는 신중한 눈빛으로 그라운드를 바라봤다.

웃으며 토마스의 가슴을 치고 캐처 박스로 돌아가는 찬열이 눈에 들어왔다.

다시 마스크를 쓴 찬열이 앉았다.

"플레이볼!"

심판의 콜과 함께 찬열이 손가락을 움직였다.

'몸 쪽, 포심, 가운데.'

토마스가 고개를 끄덕였다.

찬열은 타자의 몸 쪽으로 붙으며 미트를 고정했다.

그것을 본 토마스가 와인드업을 했다.

"흡!"

쐐액-!

공이 쏜살같이 날아왔다.

토마스의 평균 구속은 140㎞ 중반.

그것이 눈높이로 날아왔다.

타자가 깜짝 놀라 상체를 뒤로 틀며 피했다.

펑-!

"볼."

심판의 콜과 함께 타자가 토마스를 노려봤다.

토마스는 가볍게 어깨를 으쓱하며 글러브를 내밀었다.

고의가 아니었다. 아무리 좋은 제구력을 지닌 투수라도 매번 포수가 원하는 코스로 공을 던질 수 없다.

"나이스! 나이스! 토마스, 잘 던졌어!"

영어로 외쳤지만 나이스라는 단어는 알아들었다.

타자가 다시 타석에 들어서며 정찬열을 노려보면서 낮게 으르렁거렸다.

"너 이 새끼, 방금 그거 일부러 그랬냐?"

"에이, 그럴 리가 있겠습니까? 실투입니다, 실투. 선배님이 워낙 잘 치셔서 토마스 손에 땀이 많이 났나 봅니다."

"잡담은 그쯤 해. 플레이볼!"

구심의 제지에 타자가 입을 다물었다. 사실 찬열의 말에 어느 정도 화가 풀렸다.

찬열의 손가락이 다시 빠르게 움직였다.

'몸 쪽 높은 코스에서 존으로 들어오는 슬라이더.'

토마스가 고개를 끄덕였다.

와인드업과 함께 토마스가 공을 던졌다.

이번에도 공은 타자의 얼굴 높이로 날아갔다.

몸 쪽에 붙은 공에 방금 전의 잔상이 남은 타자가 몸을 뒤로 젖혔다.

그 순간이었다.

"어?!"

홈 플레이트 앞에서 공의 방향이 틀어졌다.

퍽-!

정확히 공은 찬열의 미트에 박혔다.

"스트라이크!"

구심이 큰 소리로 콜을 외쳤다.

타자가 황당한 표정으로 구심을 쳐다봤다.

"방금 이게 스트라이크라고요?"

"그래."

"아니, 얼굴로 공이 날아왔습니다. 이걸 어떻게 칩니까?"

"얼굴로 날아온 건 홈 플레이트 전, 그전에 꺾여서 스트라이크존을 지났어."

"아니, 그렇지만……."

"항의하는 거야?"

구심이 노려보며 작게 으르렁거리듯 말했다.

투수, 타자를 가리지 않고 구심에게 항의를 하면 얄짤없이 퇴장이다.

그건 베테랑도 마찬가지였다.

결국 타자는 고개를 떨굴 수밖에 없었다.

'사실 그렇게까지 얼굴로 날아가진 않았는데.'

찬열이 속으로 웃었다. 방금 전 토마스가 던진 공은 몸 쪽에서 공 하나 정도 빠진 위치에서 꺾이는 슬라이더였다.

만약 타자가 피하지 않았다면 충분히 쳤을 것이다.

'하지만 그 이전의 공을 봐서 머리에 잔상이 남았기 때문에 덜 붙는 공에도 민감하게 반응한 거야.'

투수를 리드한다는 것, 그것은 단순히 구종을 결정하고 코스를 정하는 것만이 아니다.

방금 전처럼 투수의 실투를 이용할 줄도 알아야 한다.

이런 것까지 벤치에서 사인을 준다?

있을 수 없는 일이다.

그래서 포수는 경험을 많은 선수를 선호했다.

'정말 이상한 녀석이야.'

이동건은 찬열을 바라보며 고개를 저었다.

도무지 예상이 되지 않았다.

타격에서는 어느 정도 해줄 거라고 생각했다. 캠프에서부터 소질을 보여줬으니까.

애초에 뛰어난 투수들을 제치고 1지명이 될 수 있었던 이유가 그 타격감이었으니까.

하지만 포수로서의 자질은?

전체적으로 부족한 게 많았다. 캠프에서도 그런 모습을 노출해 포지션 변경도 생각했다.

그런데 어느 순간 완전히 달라졌다. 투수에게 먼저 다가갔고 스스로 상대 팀에 대해 연구를 했다. 특히 인상적이었던 건 경기가 끝난 후였다.

'기록지를 받아가서 복기를 하고 있었다.'

야구는 모든 플레이가 기록으로 남는다. 그러다 보니 기록지만 놓고 복기가 가능한 스포츠였다.

다른 선수들도 복기를 한다. 하지만 찬열처럼 스스로 나서서 하는 경우는 많지 않았다. 대부분은 다른 사람이 시켜서 하는 경우였다.

펑-!

"스트라이크! 아웃!"

또다시 슬라이더를 던져 타자를 돌려세웠다.

이번에는 존으로 들어오는 공이 아니라 존에서 바깥으로 흘러 나가는 공이었다.

이미 밸런스가 깨진 타자는 그 공을 건들지도 못했다.

'정말 대단해.'

이동건의 얼굴에 미소가 그려졌다.

* * *

다음 날,

원정 경기를 위해 와이번스는 구단 버스를 타고 이동했다.

원래는 경기가 끝난 직후 이동을 하지만 오늘은 월요일, 경기가 없는 날이다. 그래서 여유를 두고 이동을 했다.

최근 상승세를 타고 있는 팀답게 버스 안의 분위기는 매우 좋았다.

"이번에 이글스에서는 류성일이 나온다며?"

"이야, 그 자식 완전 괴물 아니냐?"

류성일의 별명이 괴물이니 괴물이 맞았다. 어쨌든 류성일은 4월 3경기에 등판해 모두 승리를 챙겼다.

백미는 단연 데뷔 경기였다.

10탈삼진을 기록하며 화려한 모습을 보여주었다.

하지만 신인 괴물은 그만이 아니었다.

"야야, 어차피 우리 팀에도 괴물 있잖냐."

이야기를 나누던 선수들의 시선이 일제히 한곳으로 쏠렸다. 거기에는 토마스와 함께 앉아 이야기를 나누는 정찬열이 있었다.

"투수 괴물이 류성일이라면 타자 괴물은 저 자식이지."

신인이면서도 홈런 1위, 타격 순위 전체에 이름을 올린 정찬열. 그리고 류성일.

두 사람은 2006년 대한민국 야구계를 뒤흔들고 있었다.

하지만 그러거나 말거나 찬열은 토마스와 즐거운 시간을 보냈다.

그러다 갑자기 찬열과 토마스의 고개가 동시에 돌아갔다. 그들을 보고 있던 선수단이 움찔 놀라며 황급히 시선을 피했다. 동료이기는 했지만 영어울렁증이 도진 것이다.

'오지 마라…… 오지 마라…….'

'헬로우? 하이?'

'나이스 투 미츄라고 하면…… 음 파인 땡큐라고 하면 되나?'

짧은 영어를 떠올리던 그때 두 사람이 그들의 옆에 앉았다.

"선배님들!"

"어?"

"으응?"

"토마스가 하고 싶은 말이 있답니다."

사람들의 시선이 토마스에게 향했다.

그는 부담되는지 헛기침을 두어 번 하더니 천천히 입을 열었다.

"안농하쉽니까? 조눈 토마쑤임니다."

"오오!"

"뭐야? 그새 한국어를 배운 거야?"

"조금 가르쳐 봤어요. 곧잘 하지 않아요?"

"이야~ 정말 잘한다!"

선배들이 일제히 토마스를 칭찬하기 시작했다.

분위기가 좋아지자 토마스가 영어로 찬열에게 뭐라 이야

기를 했다. 사람들은 일제히 그를 바라봤다.

“토마스가 앞으로 잘 부탁한다고 하네요. 한국 야구에 대해서 많이 알려 달라고 합니다.”

“오! 그래, 그래. 우리야말로 잘 부탁해!”

“굿, 굿!”

먼저 다가온 토마스가 기특했다.

선수들은 그런 토마스를 옆에 두고 한국 야구에 대해 이야기를 해주었다.

그 이야기는 찬열의 입을 통해 통역이 됐다.

통역 요원이 따로 있지만 그는 구단 내의 다른 일도 병행하며 하고 있었다. 그렇기 때문에 항상 토마스의 곁에 붙어 있을 순 없었다.

반면 찬열은 같은 선수다. 이동이나 회의를 할 때도 매일 같이 붙어 있다. 게다가 찬열에게도 이는 좋은 일이다.

‘영어는 사용하지 않으면 잊어버리게 되어 있다. 토마스에게 통역을 해주면서 나도 영어를 잊지 않을 수 있어.’

그랬기에 찬열은 열과 성을 다해 통역을 해주었다.

＊＊＊

대전에 도착한 와이번스는 호텔에서 하룻밤을 보냈다.

그리고 다음 날,

연습 시간에 맞춰 대전구장에 도착했다.

각 팀들은 경기 전 가볍게 연습을 했다. 매일 경기를 하지만 컨디션이 매일 다르기 때문에 조절을 해야 했다.

투수나 타자나 마찬가지였다.

찬열도 배팅 박스에서 배팅볼 투수가 던져주는 공을 연신 때렸다.

딱—!

딱—!

딱—!

특유의 간결한 스윙이 연달아 나왔다. 하지만 공은 미친 듯이 날아가 담장을 넘거나 때려댔다.

"정말 대단한 스윙이군."

그 모습을 멀찍이 떨어져 보던 중년의 남자가 감탄을 터뜨렸다.

"아직 멀었습니다."

"하하! 이 감독, 너무 엄격한 거 아닌가? 프로 데뷔년도에 이미 8홈런이네. 타율과 장타율 모두 상위권이고 말이야. 요즘 관계자들을 만나면 다들 정찬열에 대한 칭찬뿐이라네."

"시즌 끝까지 간다면 대단한 거겠죠."

냉정한 이동건의 말에 중년 남자는 다소 무안한 표정을 지었다.

하지만 진심이었다.

시즌은 길다.

초반에 잠깐 잘했다고 해서 끝까지 이어진다는 보장은 없다.

오히려 이동건은 걱정이었다.

'초반부터 너무 힘을 쏟는 게 아니었으면 좋겠는데.'

야구에서 힘든 건 여름이다. 밤에 경기를 한다 해도 한여름에는 30도가 넘는 무더위가 이어진다.

체력 분배를 잘하는 베테랑들도 힘들어한다. 체력이 떨어지면 자연스레 성적도 떨어진다. 그래서 여름의 고비를 넘기는 게 신인들에게는 가장 어려운 일이었다.

"임 위원님! 슬슬 준비하셔야 됩니다!"

분위기가 다소 냉랭해질 때 멀리서 방송 관계자가 소리쳤다. 적절한 타이밍에 임동우 위원이 미소를 지었다.

"난 준비를 해야겠군. 오늘 정찬열이를 빌려줘서 고맙네."

"아닙니다."

"그럼."

자리를 벗어나는 임동우를 보며 이동건은 씁쓸한 미소를 지었다.

'사실은 빌려주기 싫었지만…….'

팀의 경기를 송출해 주는 방송사에 밉보여서 좋을 게 전혀 없었다. 게다가 올해 해설을 맡은 건 임동우였다. 프로 선수로 뛴 적은 없지만 프로 이전 실업야구 시대를 주름잡았던 선수였다.

이후 프로야구가 출범했을 때는 프로 야구단 코치와 감독을 했었다. 현재는 KBO 기술 위원으로 활동하면서 동시에 방송국의 해설위원으로 활약하고 있다.

한마디로 야구계에서 영향력이 큰 사람이란 뜻이다.

그런 사람과 방송국이 연합해서 부탁을 하니 이동건도 버틸 재간이 없었다.

'흔들리지 않으면 좋으련만.'

불안함을 가슴에 안은 채 그는 선수들의 연습을 지켜봤다.

* * *

4월, 찬열은 최고의 한 달을 보냈다.

신인이라고는 믿기지 않는 타격과 안정감 있는 수비까지.

언론에서는 그를 포스트 박현우라 불렀다. 팬들은 괴물 포수라는 별명을 붙여 주었다. 하지만 괴물은 그만이 아니었다.

"류성일 선수는 올 시즌 4경기 선발에 나서서 패배 없이 3승을 기록하셨는데요. 첫 프로 시즌이신데 떨리지 않으신가요?"

아담한 체형이지만 쭉쭉 빵빵한 몸매와 귀여운 외모로 최근 주가를 높이고 있는 김민지 아나운서가 물었다.

"많은 선배님이 좋은 이야기를 해주셔서 그런지 떨리지는 않았습니다."

아시아선수권대회 때보다 몸집이 좋아진 류성일이 당당하게 이야기했다.

그가 또 한 명의 괴물이었다.

괴물 투수 류성일.

대전 이글스의 신성으로 등장해 4월 한 달간 4경기 등판 3승 무패 평균 자책점 2.66을 기록 중이었다.

그의 활약에 모든 사람이 놀라워하고 있었다.

하지만 단 한 사람,

찬열만은 놀라지 않았다.

'한국 야구를 씹어 먹고 메이저리그까지 진출하는 녀석인데, 놀랄 이유가 없지.'

미래 류성일은 KBO에서 메이저리그에 진출하는 첫 번째 선수가 된다.

'이 녀석이 있었기 때문에 나도 KBO를 선택할 수 있었다.'

이맘때만 하더라도 KBO를 통해 메이저리그에 진출한다는 건 있을 수 없는 일이었다. 시도를 한다 하더라도 기라성 같은 선수들이 이미 참혹한 현실에 무릎을 꿇었다.

게다가 아마추어 야구 관계자들 사이에서는 메이저리그 구단과 계약해 마이너리그에서 시작하는 게 당연시되고 있었다. 하지만 류성일의 메이저리그 진출 이후 모든 게 변했다.

미국에 진출하는 고등학생의 숫자가 확연히 줄었다. 그리고 KBO 선수들의 포스팅 시도가 대폭 늘어났다.

"정찬열 선수?"

자신을 부르는 소리에 찬열은 상념에서 깨어났다.

"예?"

"대답을……."

"아, 뭘 물어보셨죠?"

"컷! 다시 갈게요."

PD의 답답하다는 듯한 소리에 찬열이 어색한 미소를 지었다.

* * *

인터뷰가 끝나고 찬열은 더그아웃으로 향했다. 장비를 착용하고 불펜에 갈 생각이었다. 그런 찬열의 곁으로 류성일이 다가왔다.

"꽤 긴장한 거 같더라?"

"카메라 앞에 서는 건 영 적응이 안 되거든."

"그래? 나는 꽤 재밌던데."

웃으며 말하는 류성일을 보며 찬열이 피식 웃었다.

"가 봐야 되는 거 아니냐?"

"아직 시간은 좀 있으니까. 그것보다 요즘 인터넷에서 우리를 라이벌이라고 하더라? 고등학생 시절에는 너랑 승현이 둘을 붙이더니 말이야."

류성일의 말에 찬열이 고개를 들었다.

"그러고 보니 승현이 녀석 소식 좀 아냐?"

자신이 회귀를 하면서 인생이 바뀐 한승현이었다. 크게 관심이 가는 건 아니었지만 아예 없다고 하면 그건 또 거짓이다.

"동기의 소식에 너무 무관심한 거 아니야?"

"연습만 해도 힘들어서 말이지."

"하긴, 고등학교 때와 연습의 강도가 다르긴 하지. 수술은 잘됐고 지금은 재활 중이라더라. 순조로워서 아마 올 시즌 하반기에는 복귀할 수 있지 않을까 기대 중이라던데?"

"그래? 잘됐네."

"좀 더 기뻐해라 임마. 그래도 동기인데."

"성일아! 감독님이 찾으신다!"

그때 더그아웃 앞을 지나가던 이글스 직원이 말했다.

"예! 가겠습니다. 그럼 나 간다. 이따 보자."

대답하기도 전에 멀어지는 류성일을 보던 찬열은 순간 옛 생각이 떠올랐다.

“저 녀석이 예전에도 저렇게 자신감이 넘쳤었나?”

프로에 들어가고 성격이 조금 변한 류성일이었다.

“찬열아! 공 좀 받아줘!”

“예예! 지금 갑니다!”

오늘 경기의 선발을 맡은 강성준의 외침에 다급히 장비를 착용했다.

* * *

퍽-!

“스트라이크!”

심판의 콜에 와이번스의 4번 타자 김상필이 한숨을 쉬었다.

‘1회 3명의 타자를 삼자범퇴로 돌려세우고, 2회 선두 타자 김상필 선배를 상대로도 공격적인 피칭을 이어간다.’

더그아웃에 앉아 있는 찬열은 류성일의 피칭에 감탄했다.

‘포심과 커브, 투피치이지만 역시 너무 막강하단 말이지.’

시범 경기에서 한 번 맞상대를 했던 류성일이지만 그때와는 완전 다른 선수가 되어 있었다.

‘구속이 5㎞가량 빨라졌고 게다가 슬라이더에 투심, 그리고 간간히 체인지업도 섞어 던진단 말이지.’

비율은 적지만 어쨌든 다른 구종도 던진다. 그렇게 되면 타자의 머릿속은 복잡하게 된다. 어떤 공이 나올지 모르기 때문에 타격 포인트를 넓게 잡아야 했다.

'포인트를 넓게 하면 문제가 빠른 공의 대처가 느려진단 말이야.'

부웅-!

퍽-!

"스트라이크! 아웃!"

김상필이 짧은 스윙으로 바꾸었지만 커브에 완전히 속았다. 허를 찔린 것이다.

'초구, 이구 모두 직구로 빠르게 카운트를 잡고 삼구에 높은 직구, 그리고 사구에는 커브라. 정석대로네.'

볼 배합, 코스는 모두 정석이다.

한 가지 다른 게 있다면 류성일의 디셉션이다.

디셉션이란 공을 숨기는 걸 의미한다. 타자는 투수가 공을 던지기 전, 즉 투구 동작을 하는 도중에 공이 보이면 그것을 타깃으로 잡는다. 하지만 이 공이 릴리스 포인트 직전까지 보이지 않는다면?

타자는 타깃을 늦게 잡을 수밖에 없다. 즉, 대응할 수 있는 시간이 촉박해진다는 소리다.

류성일이 딱 그런 타입이다. 공을 최대한 숨기고 팔을 휘두르기 때문에 타자가 느끼는 체감 속도는 실제보다 5㎞ 정도 더 빠르다고 생각한다.

'히팅 포인트를 앞에 두고 때리면 되지만 그렇게 되면 변화구 대응이 느려지고…….'

하나를 포기해야만 되는 공략법. 그리고 류성일은 그 포기한 부분을 교묘하게 잘 찌르고 들어왔다. 당연히 그의 힘만으로 되는 건 아니었다.

'포수도 대단하네.'

찬열은 마스크를 쓴 이윤태를 바라봤다. 작년까지만 하더라도 이글스의 후보 포수였던 선수다.

수비는 좋았지만 타격에서 평균 이하의 성적을 보여주기에 출전 기회가 적었다.

하지만 올해는 류성일의 전담이 되면서 출장 기회가 많았다. 자신의 장점을 최대한 발휘하면서 류성일의 잠재력까지 끌어 올리는 모습에 같은 포수로서 감탄이 절로 나왔다.

"찬열아, 슬슬 준비해라."

"아, 예."

김무현의 말에 찬열이 대기 타석으로 나갔다. 그리고 유심히 류성일의 투구를 살폈다.

'상필 선배에게 직구를 많이 보여줬으니 초구는 변화구겠지?'

대기 타석에 선 찬열은 타이밍을 재면서 볼 배합을 상상했다. 그리고,

"흡!"

쐐액—!

후웅—!

'꺾였다!'

퍽—!

초구가 예상대로 변화구가 들어왔다.

'구종을 조금 더 좁혀보자. 초구는 슬라이더였으니까, 2구는 포심.'

퍽—!

"볼."

'오오! 맞았다.'

2구는 몸 쪽을 찌르는 날카로운 포심 패스트볼이었다. 너무 깊게 들어와 볼이 되긴 했지만 나쁘지 않은 선택이었다.

'3구는 바깥쪽 직구.'

후웅—!

퍽—!

"스트라이크!"

'아~ 틀렸네.'

이번에는 체인지업이었다.

가운데로 들어오다 속도가 줄어들면서 떨어지는 공에 타자의 배트가 힘없이 돌았다.

'다음은…….'

찬열은 계속해서 볼 배합을 맞추는 데 집중했다. 그 결과 5번 타자 임영호가 아웃을 당하는 동안 7번을 시도해 4번을 맞췄다.

5할이 넘는 확률이었다.

'좋았어.'

3할만 넘어도 대단한 타자로 불리는 야구다. 5할이 넘는 확률이라면 충분히 걸어볼 만한 승부였다.

"잘 부탁드립니다!"

타석에 들어선 그가 씩씩한 목소리로 인사를 했다. 그리고는 자세를 잡고 류성일을 노려봤다.

"플레이볼!"

괴물 대 괴물의 프로 공식전 첫 번째 맞대결이 시작됐다.

찬열을 신인으로 생각하는 구단은 더 이상 없었다. 4월 홈런 1위에 오른 그의 장타력은 두려움의 대상이었다.

'어설픈 공이 들어가면 넘어간다.'

그렇게 판단하며 류성일은 뒷짐을 지고 손에 든 공을 롤링했다. 야구 중계를 보다 보면 투수들이 손에 든 공을 돌리는 모습이 간혹 나온다. 그런 행동의 이유는 여러 가지가 있다.

첫째는 감각이다. 투수는 손끝의 감각으로 공을 던진다. 그것이 조금이라도 이상하다면 공을 교체하는 일도 있었다.

둘째는 긴장 완화다. 수천, 혹은 수만의 관중이 바라보는 자리가 바로 마운드다. 그곳에 서 있는 단 한 명의 선수, 그게 바로 투수다. 엄청난 압박감을 받는 건 당연했다. 그랬기에 공을 돌리는 데 집중을 하면서 긴장을 완화했다.

이윤태가 빠르게 손가락을 움직였다. 사인이 나왔다. 류성일은 고개를 끄덕이고 투수판을 밟았다.

'자, 나라면 어떻게 올까…….'

찬열은 눈을 빛내며 류성일을 노려봤다.

자신이 포수라면 어떤 공을 원할까?

'통상적으로 초구는 카운트를 잡기 위해 직구를 던진다. 제구력이 좋은 류성일이기에 몸 쪽 공을 요구할 가능성도 높지.'

쫘악-!

그때 류성일이 와인드업을 했다. 거구의 체격이지만 부드러운 투구 동작이 이어졌다. 찬열도 더 이상의 생각을 접고 리듬을 타며 류성일의 투구 동작에 박자를 맞추었다.

"흡!"

외마디 기합과 함께 류성일의 몸이 회전했다.

'팔이 나오는 게 늦다.'

이미 몸통은 다 회전을 했지만 여전히 팔이 나오지 않았다. 공이 보이지 않았지만 찬열은 당황하지 않았다. 아시아 선수권대회에서 직접 받았던 공이다. 게다가 시범 경기에서도 상대를 했었다.

타이밍을 알고 있었다.

찬열은 최대한 배트를 내는 걸 참으며 정신을 집중했다.

'보였다!'

공을 놓는 순간이 눈에 들어왔다. 찰나의 순간이지만 타이밍을 잡기엔 충분했다. 찬열의 왼발이 땅을 내디뎠다. 동시에 류성일의 팔이 채찍처럼 허공을 때렸다.

쐐액-!

바람을 가르며 공이 날아왔다.

예상대로 직구였다. 하지만 그걸 확인하기도 전에 찬열은 시동을 걸었다. 허리가 회전하고 몸통이 돌기 시작했다. 가장 마지막으로 왼 어깨를 닫은 채 오른팔을 앞으로 뻗었다.

간결한 스윙, 하지만 담겨 있는 파워가 대단했다.

'맞았다!'

공의 궤적, 그리고 스윙의 궤적이 일치했다. 정확한 스윙이라 생각하려는 찰나,

공이 오지 않았다.

'뭐지?!'

분명 빠른 속도로 날아오던 공이 슬로우 비디오처럼 홈 플레이트 앞에서 다가오지 않았다. 하지만 배트는 속도가 줄지 않고 그대로 돌아갔다.

후웅-!

"큭!"

파워를 줄일 생각이 전혀 없었기에 밸런스가 무너졌다.

덕분에 볼썽사납게 몸이 휘청였다. 겨우 균형을 잡았지만 찬열의 얼굴은 심하게 일그러져 있었다.

'체인지업이라고?!'

포심 패스트볼에 맞춰 배트를 돌렸다.

하지만 상대의 선택은 체인지업이었다. 당연하게도 공을 칠 수 없었다.

사실 이글스 배터리의 초구 선택은 포심 패스트볼이었다. 빠르게 카운터를 잡는 게 좋을 거란 판단이다. 여기까지는 찬열의 생각과 맞았다.

하지만 이윤태는 마지막 순간에 사인을 바꾸었다.

'미묘하지만 오픈 스탠스를 취하고 있었다.'

이윤태의 노련한 관찰력이 빛을 발한 것이다. 타자와 투수의 싸움은 가위바위보와 같은 심리 싸움이다. 상대가 무엇을 낼지 생각을 해야 했다. 여기서 타자는 투수의 행동, 수비수의 위치 등을 통해 조금이라도 답을 좁혀야 했다.

하지만 투수는 달랐다. 외롭게 전장에 선 타자와 달리 투수에게는 8명의 지원군이 있다. 7명은 뒤에서 자신의 뒤를 받쳐준다. 얻어맞더라도 그들의 능력으로 충분히 아웃을 만들 수 있다.

마지막으로 한 사람,

부부라고까지 불릴 정도로 밀접한 관계를 맺고 있는 포수가 투수를 도와주었다. 당연히 타자가 불리할 수밖에 없다.

펑─!

"스트라이크! 아웃!"

결국 찬열은 5구 만에 삼진을 당했다. 결정구는 몸 쪽을 찌르는 날카로운 포심 패스트볼이었다. 볼이라고 판단을 내렸지만 심판은 스트라이크를 선언했다.

결국 첫 번째 승부는 류성일의 완승이었다.

'아니지, 류성일과 이윤태의 승리지.'

찬열은 입술을 깨물며 더그아웃으로 돌아갔다.

2장

역전 그랜드슬램

"오늘 이글스 타자들의 컨디션이 좋아 보인다. 정면 승부보다는 변화구 위주로 볼 배합을 가져가야 돼."

찬열이 더그아웃으로 돌아오자 김기홍이 다가왔다. 그는 보호구 착용을 도와주며 짧은 어드바이스를 해주고 있었다.

"성준이는 어떤 거 같냐?"

목소리를 최대한 낮춰 물었다.

오늘 선발인 강성준은 1회에 이미 1실점을 했다.

첫 타자에게 안타를 맞고 두 번째 타자가 희생번트로 주자를 2루에 보냈다. 그리고 3번 타자에게 2루타를 맞았다.

다행스런 점은 후속 타자를 연달아 삼진으로 돌려세웠다

는 것이다.

“제구가 조금 흔들리긴 하지만 볼 끝은 나쁘지 않습니다. 1회에는 영점이 제대로 잡히지 않아 공이 몰렸던 것으로 보입니다.”

“그렇군.”

포수는 타격이 끝나도 쉴 틈이 없었다.

배터리 코치와 경기의 상황에 대해 끊임없이 대화를 나눈다. 또한 투수와도 이야기를 나누면서 게임의 플랜에 대해 지속적으로 의견을 교환해야 했다. 그러다 보니 정작 체력 소모는 제일 심하면서도 쉴 시간은 거의 없었다.

펑—!

“스트라이크! 아웃!”

이번 이닝도 삼자범퇴로 마무리한 류성일이 당당하게 마운드를 내려갔다.

찰칵—!

“좋아! 2회도 잘 막고 내려와라!”

“예!”

프로텍터를 잠그며 등을 토닥여 주는 김기홍의 배려에 찬열이 힘차게 대답했다. 하지만…….

딱—!

“와아아아!”

경쾌한 소리와 함께 날아간 타구가 중견수의 키를 넘었다.

펜스까지 굴러간 공에 2루와 3루에 있던 주자들이 가볍게 홈으로 들어왔다.

[또 장타입니다! 강성준 선수, 2회 하위 타선을 맞아 연달아 안타를 허용합니다. 이로써 4실점을 하게 됩니다.]

[포수가 원하는 코스에 공을 던지지 못하고 있습니다. 반대 투구가 많이 되고 있어요. 특히 몸 쪽 공은 전혀 던지지 못합니다. 이러니 타자들은 코스를 좁힐 수 있었죠.]

2회에만 4실점.

게다가 2루에는 또 다른 주자가 있었다.

이동건은 여기서 투수를 교체해야 되나 고민을 했다.

하지만 이내 고개를 저었다.

'아직 시즌 초반이다. 벌써부터 불펜에 부하가 걸려서는 안 돼.'

시즌은 6개월이 넘는 대장정이다. 그런 상황에서 시즌 초반에 1승을 위해 벌떼야구를 하는 건 득보다는 실이 컸다.

무엇보다 5선발인 강성준을 벌써 내리게 되면 그렇지 않아도 낮아졌을 자신감이 더욱 낮아질 것이다.

'선발 자원은 귀중하다. 선발로 쓸 수 있는 투수가 한 명이라도 더 많아야 돼.'

그렇다고 이대로 내버려 둘 순 없었다.

이동건은 백성원에게 마운드에 올라가서 시간 좀 끌고 내려오라 하려다가 멈췄다.

'찬열이가 알아서 하겠지.'

투수가 흔들릴 때 마운드를 방문하는 첫 번째 사람은 코치가 아닌 포수다. 그렇기 때문에 이동건은 찬열을 믿고 기다렸다. 그리고 찬열은 그런 이동건의 기대를 저버리지 않았다.

[정찬열 포수가 타임을 요청하고 마운드 위에 올라갑니다.]

찬열은 느긋하게 마운드를 방문했다. 조금이라도 강성준이 냉정을 찾을 시간을 주기 위함이다.

마운드에 도착했을 때 강성준은 상기된 표정이었다.

"선배님!"

"어, 미안하다. 제구가 잘 잡히지 않네."

다소 흥분한 목소리, 하지만 강성준은 냉정했다.

자신의 상황을 잘 살피고 있었다.

'이런 점 때문에 감독님도 강 선배를 2군에 내리지 않은 거지.'

투수에게 가장 필요한 덕목은 무엇일까?

구속? 제구력?

물론 둘 다 중요하다. 하지만 가장 중요한 건 바로 정신력이다.

어떤 위기 상황에도 흔들리지 않아야 될 강인한 정신력.

그러나 사람인 이상 그럴 수는 없다.

그렇다 하더라도 강성준처럼 자신의 잘못된 점을 정확히 파악하고 있을 줄 알아야 했다.

"선배님, 발이 땅에 닿기 전에 몸통이 돌고 있습니다."

"어?"

"선배님은 평소에 발이 땅에 닿은 뒤에 몸통 회전이 이루어집니다. 하지만 지금은 몸통 회전이 먼저 되고 그 뒤에 발이 땅에 닿습니다."

"아……."

강성준은 아차 싶었다.

1군에 올라와서 투수 코치인 백성원을 만나면서 교정받은 버릇이다.

이 버릇 때문에 2군에서 오랜 시간을 보냈다. 그런데 같은 버릇이 나온 것이다.

원래 버릇이란 게 하루아침에 고쳐지는 게 아니다. 꾸준히 인식을 하고 고치려는 노력을 해야지만 고칠 수 있었다.

하지만 최근 성적이 제대로 나오지 않아 부담감을 느꼈다. 어떻게든 성적을 내야 한다는 생각이 조급함을 가져왔고 좋지 않은 버릇이 또 나왔다.

"언제부터 그런 거냐?"

"1회에는 그냥 영점이 잡히지 않았습니다. 그 뒤로는 영점이 조금씩 잡혔는데 2회 첫 타자가 출루한 이후 나오기 시작했습니다."

강성준은 고개를 끄덕였다. 와인드업 포지션에서는 그 버릇을 많이 고쳤다.

하지만 슬라이드 스텝을 밟을 때는 크게 의식을 하지 않는 이상 버릇이 나왔다.

"말해줘서 고맙다."

"아닙니다, 선배님!"

그 말을 끝으로 찬열은 자신의 자리로 돌아갔다. 강성준은 마운드에서 내려와 크게 한숨을 내쉬었다.

'이제 데뷔 시즌인 녀석이 저렇게 침착한데 선배가 돼서 이게 무슨 꼴이냐?'

자신을 자책하면서 그는 부담감을 떨쳐내려 했다.

후배의 앞에서 멋진 모습을 보여 주고 싶은 건 어떤 선배라도 마찬가지였다.

다시 마운드에 오르기 전 로진을 손에 묻힌 그의 마음은 평온했다.

문제는 알았다. 그리고 그걸 잡아내는 방법 역시 알고 있으니 더 이상 망설일 건 없었다.

투수판을 밟는 강성준을 보며 찬열이 깊게 숨을 내쉬었다.

'초구는 바깥쪽으로 상태를 확인하자.'

몸 쪽은 투수가 가장 부담감을 느끼는 자리다.

그게 프로든 아니든 말이다. 그랬기에 찬열은 바깥쪽 코스를 요구했다.

강성준도 고개를 끄덕였다.

"백 코치."

"예."

더그아웃에서 그 모습을 지켜보던 이동건이 투수 코치를 불렀다.

"성준이의 어떤 점이 잘못됐다고 보십니까?"

"좋지 않은 버릇이 또 나오고 있습니다. 주자가 나가면 슬라이드 스텝을 밟는데 그때 허리 회전이 빠르게 되고 있습니다."

찬열과 같은 이야기였다.

백성원은 자신의 의견도 덧붙였다.

"본인도 알고 있는 문제니 말해준다면 바로 고쳐질 가능성도 있습니다. 정신력의 소모가 더 심하긴 하겠지만 지금처럼 제구가 흔들리진 않을 겁니다."

"그렇군요. 불펜에 전화를 넣어주세요."

"예, 알겠습니다."

당장은 강성준을 믿는다. 그렇다고 해서 무작정 지켜볼 수만은 없었다.

그때 강성준이 슬라이드 스텝을 밟았다.

탁—!

'발을 내딛고…….'

강성준은 찬열의 조언을 의식하며 동작을 이어갔다.

발이 땅을 디뎠고 뒤이어 허리가 회전했다.

그러자 이전에 느꼈던 불편함이 사라지면서 그의 손이 정상적인 위치에서 공을 챌 수 있었다.

"흡!"

쐐액—!

펑—!

"스트라이크!"

바깥쪽 낮은 코스로 직구가 들어갔다.

이전까지 가운데에 몰리고 대체적으로 높게 들어오던 어설픈 공이 아니었다.

이동건의 눈이 빛났다.

'흔들리던 제구가 잡혔다.'

"허리가 먼저 돌던 것이 사라졌습니다."

백성원도 놀란 듯 목소리가 상기되어 설명했다.

그사이 강성준이 2구를 던졌다.

"흡!"

다소 바깥쪽으로 공이 날아갔다.

존 밖이었다.

유인구라고 생각할 찰나, 공이 흔들리더니 안으로 휘었다.

퍽-!

공을 받는 순간 찬열의 미트가 부드럽게 안으로 움직였다.

"스트라이크!"

심판의 콜에 타자가 황당한 눈빛을 보였다. 방금 전 코스는 1회 한 번도 잡아주지 않던 곳이었다.

"방금 프레이밍 아닙니까?"

"맞습니다. 팔이 움직이기보다는 무릎을 움직이면서 몸을 안쪽으로 움직였습니다."

"정말 부드럽군요."

이동건은 고개를 끄덕여 대답을 대신했다.

그사이 강성준이 3구와 4구를 연달아 유인구로 던졌다.

3구, 4구는 타자 가슴 높이의 빠른 공이었다.

시선과 비슷한 위치로 공이 날아오기 때문에 타자가 속기 가장 쉽다. 하지만 타자는 배트를 돌리지 않았다.

'눈이 좋네.'

찬열이 그렇게 생각하며 5구째 사인을 냈다.

'같은 위치에서 떨어지는 포크볼.'

'포크볼로 카운터를 잡자고?'

'예.'

재확인하는 강성준을 향해 찬열이 다시 한 번 사인을 확인

시켜 주었다.

강성준이 놀라긴 했지만 찬열은 당연하게 생각했다.

포크볼은 회전이 거의 없다. 그렇기 때문에 정타를 맞으면 장타가 될 가능성이 높았다.

그래서 카운트를 잡는 공이라기보다는 유인구로 던지는 경우가 대부분이었다.

'선구안이 좋은 타자는 이전 공에 대한 궤적을 기억하고 있다. 포크볼을 던지면 또다시 유인구로 착각할 가능성이 커.'

현재 볼카운트는 2볼 2스트라이크.

이 카운트는 투수와 타자, 그리고 포수의 머리싸움이 가장 치열한 순간이었다.

기본적으로 투수에게 유리한 카운트다. 볼을 던져도 기회는 한 번 더 있었기 때문이다.

반면 타자는 투수가 유인구를 던질지 아니면 승부를 걸어올지 모르기 때문에 거의 모든 공에 배트를 내밀어야 했다.

하지만 그렇다고 마냥 투수가 좋은 건 아니다.

만약 볼이 된다면 정말 벼랑 끝에 몰리기 때문에 어떻게든 타자를 돌려세우려 한다.

그렇기에 찬열은 카운트를 잡는 걸 선택했다.

'포크볼은 정석이 아니다. 그렇기 때문에 통할 수 있다.'

맞아도 상관없다.

타자의 눈은 이전 유인구로 인해 직구에 익숙해져 있다. 느린 포크볼을 때려낸다 해도 정타가 나오지 않는다.

그사이 결심을 한 강성준이 세트포지션에 들어갔다.

'내 결점도 간파해 준 찬열이다. 게다가 4월 한 달 동안 찬열이는 이미 잘해 주었어.'

신인이라고는 생각되지 않을 만큼 찬열의 리드는 안정적이었다. 그랬기에 강성준은 그를 믿었다.

'2루 주자의 폭이 조금 넓긴 하지만…….'

힐끔 시선을 돌려 2루 주자를 확인했다. 리드 폭이 넓긴 했지만 발이 느린 게 이미 알려진 주자였다. 3루 도루가 나올 확률은 적었다.

'가자.'

강성준은 결심을 내리고 심호흡을 했다. 그리고 호흡을 멈춘 채 투구 동작을 이어갔다.

그때였다.

"고!"

뒤에서 누군가가 외쳤다.

타닥-!

동시에 그라운드를 박차는 소리가 들려왔다.

'도루?!'

하지만 이미 투구 동작에 들어간 상황이기에 멈출 수는 없었다.

강성준은 끝까지 투구 동작을 이어갔다. 그러나 주자에 신경이 팔린 나머지 정상적인 포인트에서 공을 놓지 못했다. 그 탓에 공이 조금 더 낮게 날아왔다.

'히트 앤 런!'

그사이 찬열은 현재의 상황을 파악했다.

2루 주자는 발이 느리다. 도루의 가능성은 없었다. 그럼에도 달렸다는 건 타자가 치고 주자는 달리는 히트 앤 런이란 작전이 나왔단 것이다.

찬열은 곧장 무릎을 세워 일어날 준비를 했다.

강성준이 공을 던지자 타자는 포심으로 파악하고 배트를 돌렸다. 하지만 포심처럼 날아오던 공이 홈 플레이트 바로 앞에서 뚝 떨어졌다.

후웅-!

타자의 배트 밑으로 공이 지나갔다.

퍽-!

공이 미트에 박히는 순간 찬열은 몸을 일으키며 타자의 옆으로 이동했다.

부드러우면서 신속한 동작이었다.

우타자일 경우 포수는 타자 때문에 3루가 제대로 보이지 않는다. 그래서 포수는 옆으로 한 걸음 이동해 공을 던져야 했다.

한 걸음 옆으로 옮기자 루가 보였고 커버를 들어와 있는 3루수가 보였다.

"흡!"

찬열은 간결하게 공을 뿌렸다.

쐐액-!

바람을 가르는 소리와 함께 공이 낮게 날아갔다.

3루 주루 코치가 양팔을 밑으로 내렸다. 슬라이딩을 하라는 신호였다.

주자는 그 신호에 맞춰 헤드 퍼스트 슬라이딩을 했다.

촤아악-!

미끄러지듯 들어오는 주자를 본 3루수가 공이 날아오는 궤적을 확인하고 글러브를 밑으로 이동시켰다.

퍽-!

공이 글러브에 박히면서 자연스레 주자의 어깨를 터치했다.

"아웃!"

"우와아아아아!"

"멋지다!"

"와~ 봤나? 봤어?!"

관중들이 일제히 환호를 질렀다.

와이번스의 더그아웃에 앉아 있던 동료들도 찬열을 향해 박수를 보냈다.

반면 이글스의 더그아웃은 침울해졌다.

누가 보면 와이번스가 경기를 이기고 있는 것처럼 보일 정도였다.

[대단한 송구입니다! 포수 정찬열 선수, 3루로 도루를 감행하던 민준섭 선수를 저격했습니다!]

[자연 태그가 되는 완벽한 송구였습니다. 이야~ 정말 멋지네요.]

단 하나의 플레이.

하지만 그 플레이로 경기의 흐름이 바뀌었다.

순식간에 아웃 카운트는 2개가 올라갔고 강성준은 자신감이 충만해졌다.

'찬열이와 함께라면 충분히 할 수 있다!'

믿음과 자신감이 차오른 강성준은 세 번째 타자마저 삼진으로 돌려세우고 마운드를 내려왔다.

흐름을 타기 시작한 와이번스.

하지만 상대가 나빴다.

괴물이라는 별명이 붙을 정도로 탈신인급의 모습을 보여주는 류성일에 와이번스 타선은 완벽히 막혔다.

다행인 점은 2회를 마지막으로 강성준도 더 이상의 실점을 하지 않았다는 것이다.

영점이 잡힌 강성준은 무서웠다.

포심과 포크볼, 그리고 커브와 슬라이더를 고루 섞어 던지며 이글스 타선을 완벽히 막았다.

[오랜만에 보는 명품 투수전! 과연 이 균형이 언제까지 이어질까요?]

[6회가 끝난 시점에서 류성일 선수의 투구 수는 72개입니다. 이닝당 평균 12개의 공을 던지면서 매우 효율적인 피칭을 해왔습니다. 반면 강성준 선수는 3회부터 안정감을 찾았지만 역시 1회와 2회가 발목을 잡으며 93개의 공을 던지게 됐습니다.]

[그렇군요.]

[이글스는 7회 초 류성일 선수가 다시 마운드를 지키겠지만 와이번스는 교체될 가능성이 큽니다. 그렇기 때문에 7회가 오늘 경기의 큰 승부처가 될 것으로 보입니다.]

승부는 반환점을 돌았다.

2회, 이글스의 대량 득점 이후 양 팀은 점수를 내지 못했다. 안타가 간간히 터지긴 했지만 점수로 이어지진 않았다. 그나마 와이번스의 4번 타자 김상필의 솔로 홈런으로 3점 차 승부가 됐다는 점이다.

"수고했다."

백성원 코치는 6회를 끝내고 내려온 강성준의 어깨를 토닥이며 말했다.

그의 말에 강성준이 미련이 남은 표정을 지으며 그를 올려다봤다. 하지만 그 역시 자신에게 주어진 시간이 끝났음을 알고 있었다. 그랬기에 빠르게 미련을 버리곤 고개를 끄덕였다.

"감사합니다."

"뒤는 동료들에게 맡겨라."

그리 크지 않은 목소리지만 주변의 타자들이 듣기에는 충분했다.

강성준을 위로하면서 동시에 타자들을 독려하는 백성원의 노련함을 볼 수 있었다.

'이거 부담이 여간 아니네.'

그 모습을 지켜보는 찬열은 머리를 긁적였다.

사실 오늘 경기에서 강성준은 2회를 제외하고 매우 내용이 좋았다. 4점 또한 언제든지 뒤집을 수 있는 점수였고 또 찬스도 있었다. 그런데도 1점밖에 내지 못했다는 건 타선의 집중력 부족이었다.

'타선이 제대로 지원해 주기만 했었다면 승리투수가 됐을 수도 있으니 아쉽겠지.'

1승.

보잘것없을 수도 있지만 선발투수에게는 매우 소중한 성적이었다. 강성준처럼 1군에서 자리 잡지 못했던 투수에게는 말할 필요도 없었다. 그랬기에 욕심이 났지만 투수의 성적은 개인 혼자 어떻게 할 수 있는 게 아니었다.

'야구는 투수 놀음이라지만 그 혼자서는 승패를 결정지을 수 없다는 게 참 아이러니하지.'

찬열은 배트를 잡고 더그아웃을 나섰다.

이번 이닝 2번 타자부터 시작이 되니 6번 타자인 그에게는 기회가 오지 않을 수도 있다.

그 사실을 모르는 건 아니었다.

'7회 초 우리가 점수를 내면 성준 선배가 승리투수가 된다.'

그 가능성을 조금이라도 높이기 위해서 찬열은 일찍부터 배팅 연습에 들어갔다.

다른 선수들 역시 찬열과 비슷한 마음을 가지고 있었다.

단지 행동으로 의지를 보여주느냐 아니면 마음속으로 칼을 가느냐의 차이였다.

한 가지 확실한 건 타자들의 집중력이 높아졌다는 것이다.

그리고 그 효과는 바로 나타났다.

딱-!

[중견수 앞에 떨어지는 안타입니다! 이성훈 선수 세 번째 타석 만에 안타를 기록하며 출루합니다!]

간결한 스윙에 공을 제대로 때렸다.

오늘 경기 1번의 삼진, 1번의 병살타로 최악의 컨디션을 보여주던 이성훈이 출루했다.

'흐름이 넘어왔다.'

이성훈의 출루는 단순히 한 명의 주자가 생긴 게 아니다.

그는 발이 빠른 편은 아니지만 주루 플레이에 능한 선수다.

무엇보다 30세가 넘은 백전노장이란 점이다.

이제 갓 데뷔한 류성일의 신경을 곤두서게 만드는 건 일도 아니었다.

"흡-!"

좌악-!

"세이프!"

류성일이 좌투수인데다 견제 동작이 좋아 리드 폭이 길진 않았다. 하지만 류성일이 공을 던지는 순간 2루로 달리는 행동을 취한다던지 하면서 신경을 계속해서 쓰이게 만들었다.

좌투수인 류성일의 입장에서는 눈앞에서 주자가 달리는 게 보인다. 그렇기 때문에 순간적으로 영점이 흐트러졌다.

"포볼!"

결국 두 번째 타자를 볼넷으로 내보냈다.

[와이번스! 최고의 기회를 7회 초에 잡습니다! 무사 1, 2루에 타석에는 오늘 경기 홈런을 기록한 4번 타자 김상필 선수가 들어섭니다!]

대전 구장이 뜨겁게 달아올랐다.

와이번스의 원정 팬이 오랜만에 잡은 기회에 목이 터져라 응원을 보냈다.

하지만 류성일도 만만치 않았다. 홈런을 허용한 김상필을 상대로 과감한 피칭을 선보였다.

펑—!

"스트라이크!"

[몸 쪽을 찌르는 날카로운 포심 패스트볼! 순식간에 두 개의 스트라이크를 올립니다!]

[주자가 있지만 오히려 전력투구를 하면서 김상필 선수를 당황하게 만들었어요.]

앞서 두 타자를 상대할 때 최고 구속은 145km, 하지만 김상필에게 던진 두 개의 공은 모두 150km를 넘었다.

한마디로 힘을 비축한 채 공을 던졌다는 뜻이다.

'대단한 놈이네.'

그 모습을 지켜보는 찬열은 고개를 절레절레 저었다.

완급 조절까지 하면서 1군 타자들을 압도하다니.

'하지만…….'

찬열은 차분해진 눈으로 류성일의 피칭을 관찰했다.

이후 2개의 공을 슬라이더와 커브로 유인구를 던졌지만 김상필은 속지 않았다.

그리고 5구.

"흡!"

기합 소리와 함께 뿌린 공이 날카롭게 바깥쪽을 찔렀다.

펑—!

김상필의 입장에서는 먼 코스.

당연히 배트를 내밀지 않았다. 하지만,

"스트라이크! 아웃!"

구심은 아웃을 선언했다.

김상필이 멀었다고 항의를 했지만 판정은 번복되지 않았다. 결국 삼진으로 원아웃이 올라갔다.

'대단하네. 그 상황에서 저렇게 완벽히 제구가 된 공을 던지다니.'

찬열은 순수하게 감탄했다.

'세 타자 모두 결정구는 포심이었다.'

7회 류성일이 상대한 세 사람 모두 결정구로 직구를 던졌다.

하나는 안타를 맞았고 하나는 제구가 되지 않아 볼넷을 허용했다. 그리고 김상필에게는 제대로 제구가 되면서 삼진을 잡아냈다.

'포심를 노린다.'

다양한 구종을 노릴 수 있는 류성일을 상대로 변화구를 노린다면 끌려다닐 가능성이 있었다.

지금은 우위를 잡아야 되는 상황. 그렇다면 확실한 구종을 선택해야 했다.

펑—!

"포볼!"

또다시 볼넷이 나왔다. 그리고 이번에도 결정구는 포심이었다.

하지만 김상필에게 나왔던 칼 같은 제구력이 아니라 다소 낮게 제구가 된 공이었다. 그것을 5번 타자인 김회성이 골라낸 것이다.

[또다시 볼넷이 나오면서 일사에 만루가 됐습니다! 그리고 타석에는 오늘 경기 2타석 무안타, 1삼진을 기록 중인 정찬열 선수입니다!]

이글스의 마운드가 바빠졌다.

포수가 올라가고 투수 코치가 나와 이런저런 이야기를 나누었다.

찬열은 타석 앞에 서서 스윙을 하며 점검을 했다.

'1사 만루. 점수는 3점 차.'

홈런 한 방이면 역전, 장타면 동점까지 가능한 상황.

입가에 미소가 지어졌다.

'이런 상황이 제일 좋단 말이지.'

모든 관중의 시선이 그라운드에 쏠렸다.

투수 코치가 더그아웃으로 돌아가고 포수가 캐처 박스로 돌아왔다.

[괴물 대 괴물! 신인 대 신인! 오늘 경기의 하이라이트에 모든 이의 시선이 집중됐습니다!]

[아~ 정말 대단한 긴장감입니다. 신인 선수의 대결인데도 이런 긴장감이라니, 정말 대단한 선수들입니다.]

[과연 초구는 어떤 공을 던질 것인가? 이글스의 배터리, 사인을 교환합니다!]

이윤태가 손가락을 빠르게 움직였다.

'몸 쪽으로 떨어지는 커브.'

초구부터 변화구를 선택했다.

이전 타석에서 찬열은 포심 패스트볼에 반응이 좋았다. 게다가 앞서 네 명의 타자를 상대로 포심을 많이 던졌다.

관찰력이 좋은 찬열이 노릴 가능성이 컸다.

만약 아니라 하더라도 커브에 반응하는 걸 보고 그의 생각을 읽을 수 있었다.

고개를 끄덕인 류성일이 투수판을 밟았다.

어차피 주자는 만루.

슬라이드 스텝을 할 이유가 없었기에 그는 와인드업을 했다.

"흡!"

부드러운 투구 폼이 이어졌다.

직구와 똑같은 각도와 릴리스 포인트였다. 하지만 그의 손에서 떠난 공은 직구와는 다른 궤적으로 떨어졌다.

'커브!'

변화구임을 확인한 찬열이 스윙을 멈췄다.

퍽—!

"볼."

낮게 떨어지는 커브에 배트를 내밀지 않는 찬열의 모습에 이윤태의 생각이 많아졌다.

[초구는 커브였습니다. 볼이 됐습니다만 좋은 유인구였네요.]

[앞서 포심을 많이 보여줬기에 유인구를 보여준 것 같습니다만 정찬열 선수, 좋은 선구안으로 배트를 돌리지 않았습니다.]

[자, 2구 던집니다.]

펑—!

"스트라이크!"

[날카롭게 꺾여 들어오는 슬라이더! 정찬열 선수의 입장에서는 멀어 보였겠는데요?]

[그렇습니다. 좌투수인 류성일 선수가 외곽에서 꺾이는 슬라이더를 던지면 우타자인 정찬열 선수는 배트를 내밀기 어렵죠.]

[3구 던집니다!]

쐐액—!

딱—!

[날카롭게 휘두른 배트에 공이 걸립니다! 아~ 너무 당겼습니다. 파울라인 밖으로 날아갑니다.]

[몸 쪽을 파고드는 포심 패스트볼이었습니다. 정찬열 선수의 반응으로 봤을 때 노린 것 같은데 너무 스윙이 빨랐어요.]

찬열은 타석을 벗어나 헐렁해진 장갑을 다시 착용하며 생각을 정리했다.

'스윙이 빨랐다. 조금 더 여유 있게 그리고 콤팩트하게 배트를 돌려야 돼.'

지금은 추가 득점이 중요했다.

아직 대타 요원도 있었기에 굳이 주자를 다 불러들일 필요는 없었다.

게다가 볼카운트는 자신이 불리한 상황.

풀스윙보다는 콤팩트한 스윙이 필요한 순간이었다.

생각을 정리한 찬열은 다시 타석에 들어섰다.

[볼카운트는 원 앤 투(1볼, 2스트라이크)! 과연 이글스 배터리는 어떤 구종을 선택할지 귀추가 주목됩니다!]

'첫 타석에서 체인지업에 완전히 속았다. 다시 한 번 그 공을 던지면 속일 수 있어.'

이윤태는 그렇게 판단하며 손가락을 움직였다.

몸 쪽을 파고드는 체인지업.

그것이 두 사람의 선택이었다.

"후우-!"

깊게 한숨을 뱉은 류성일이 투수판을 밟았다.

잡념을 떨쳐내고 집중력을 끌어올렸다. 그리고 이윤태가 내민 포수 미트만을 바라본 채 오른발을 들어 올렸다.

탁–!

발을 내딛는 순간 허리를 돌렸다. 뒤이어 상체가 돌아갔고 뒤이어 팔을 채찍처럼 휘둘렀다.

"하압!"

쐐애액–!

공을 때리듯이 놓자 빠르게 날아갔다.

'포심!'

일찌감치 판단한 찬열이 발을 내딛으며 허리를 돌렸다. 그리고 상체가 돌아가려는 찰나,

'느리다!'

공이 오는 속도가 너무 느렸다. 자신은 이미 스윙에 들어갔는데도 아직 절반밖에 오지 않았다.

'체인지업!'

구종을 파악했지만 때는 늦었다. 찬열은 어떻게든 스윙을 늦추기 위해 상체에 힘을 주며 회전을 최대한 늦췄다.

그사이 공이 서서히 다가왔다.

'지금!'

정확히 히팅 포인트에 공이 도착한 순간,

찬열의 왼발의 무릎을 낮추며 있는 힘껏 배트를 돌렸다.

딱–!

경쾌한 소리와 함께 공이 좌익수 방면으로 날아갔다.

[간다! 간다! 간다! 간다!]

이글스의 모든 관중이 기립했다.

[간다!]

절정에 이른 캐스터의 외침과 함께 공이 그대로 담장 밖으로 날아갔다.

[갔다! 호오오오옴런! 정찬열 선수, 7회 초에 역전 만루 홈런을 터뜨립니다!]

* * *

[정찬열 선수가 프로 첫 만루 홈런을 기록했습니다.

7회 초, 1사 만루의 상황에 타석에 들어선 정찬열 선수는 류성일 투수가 던진 4구째 체인지업을 통타, 그대로 담장을 넘겼습니다.

역전을 한 와이번스는 1점의 리드를 잘 지키며 1차전 승리를 가져갔습니다.

반면 류성일 선수는 6회까지 1실점을 하며 퀄리티 스타트를 기록했지만 7회 만루 홈런을 맞으며 프로 첫 패전을 기록하게 됐습니다.

괴물 신인 대 괴물 신인의 맞대결로 화제를 모은 오늘 대결에서는 정찬열 선수가 한판승을 기록하며 대결이 막을 내렸습니다.

한편 대구 구장에서는…….]

* * *

다음 날.

찬열은 식사를 위해 식당으로 향했다.

식당에 들어서자 꽤 많은 선수가 식사를 하고 있었다.

뷔페식이었기에 식판을 들고 원하는 음식을 골랐다.

프로야구단에는 언제나 영양사가 함께한다. 원정 경기를 떠나더라도 마찬가지다.

영양사는 선수들에게 필요한 영양분을 체크해서 호텔의 조리사들에게 전달한다. 그러면 조리사들이 필요한 음식을 만들어준다. 그랬기에 선수들은 매일같이 큰 힘을 낼 수 있었다.

찬열도 식판 한가득 음식을 담아 테이블로 향했다.

"찬열아!"

자신을 부르는 목소리에 찬열의 고개가 돌아갔다. 거기에는 언제 왔는지 강성준이 테이블에 앉아 식사를 하고 있었다. 그는 옆의 빈자리를 손바닥으로 툭툭 치며 이리 오라는 제스처를 보냈다.

딱히 거절할 이유는 없기에 찬열은 그에게 다가갔다.

"일찍 나오셨네요? 선배님."

"야 야, 선배님이 뭐냐? 그냥 형이라고 해라."

"어? 그래도 되나요?"

"그래, 편하게 해, 편하게. 이야~ 그나저나 어제 정말 대단하더라. 어떻게 중심이 무너진 상황에서 그걸 넘기냐?"

어제 그 순간이 떠오른 듯 강성준이 다소 상기된 목소리로 말했다. 덕분에 주변에 있던 선수들도 하나씩 거들기 시작했다.

"맞아, 중심이 완전히 무너졌었지? 도대체 어떤 훈련을 하면 손목 힘이 그렇게 강해져?"

"아니지, 손목 힘도 중요하지만 하체가 죽였지. 중심이 무너지긴 했지만 하체가 딱 받쳐 주니까 상체의 회전이 그대로 먹혔잖아."

갑자기 토론의 장이 열렸다.

김상필과 임영호가 중심이 되어 찬열의 타격에 대해 뜨거운 의견을 주고받았다.

임영호는 손목의 힘이 좋아서 무너진 자세에서도 넘길 수 있었다는 의견을 주장했다.

김상필은 손목도 중요하지만 하체가 단단하기 때문이라는 의견이었다.

"찬열아, 네가 말해봐라. 어떤 쪽이 맞냐?"

의견이 계속 대립하자 답답한 김상필이 찬열을 바라봤다. 그러자 다른 사람들의 시선이 그에게 향했다.

"사실 두 분 말씀이 모두 맞습니다."

"그래도 더 중요한 게 있지 않겠냐!"

"맞아, 어느 쪽이 조금 더 중요했어?"

어떻게든 답을 내리기 원하는 두 사람이었다.

찬열이 난감한 표정을 지었다.

어느 쪽이 더 중요하다고 말할 수 없는 노릇이었다.

양쪽 중 어느 것 하나가 부족했다면 담장을 넘길 수 없었을 것이다.

그만큼 둘 모두 중요했다. 그랬기에 어느 쪽이 우위에 있다고 대답을 하지 못했다.

그때 등 뒤에서 묘한 시선을 느꼈다. 고개를 돌리자 자신을 바라보고 있는 한 남자가 보였다.

그는 박민혁이었다.

작년까지 박현우의 뒤를 잇는 후계자로 평가받던 선수다. 하지만 올해는 아직까지 선발로 경기에 나선 적이 없었다.

이유는 찬열 때문이었다. 1군 첫 데뷔인 찬열은 예상외의 좋은 성적을 내고 있었다.

덕분에 박민혁에게 기회가 돌아가지 않았다.

그래서일까?

자신을 바라보는 박민혁의 눈빛은 복잡했다.

"그러니까 손목이!"

"아니, 하체가 좋아야……!"

격렬해지는 토론에 그에게서 시선을 거두고는 두 사람을 진정시켰다.

* * *

딱—!

[쳤습니다! 갑니다! 어디까지?! 어디까지! 담장 너머로 넘어갑니다!]

[정찬열 선수, 실투를 놓치지 않는 완벽한 스윙이었습니다.]

찬열의 뜨거운 타격감은 좀처럼 가라앉지 않았다.

이틀 연속 홈런을 가동한 게 그 증거였다.

[이로써 정찬열 선수는 데뷔 첫해에 두 자릿수 홈런을 기록하게 됐습니다.]

탁—!

홈을 밟은 찬열이 먼저 들어온 김상필, 임영호와 하이파이브를 했다.

"나이스 배팅이다!"

"이야~ 이거 완전 괴물이네! 괴물!"

두 사람과 함께 더그아웃으로 돌아가자 모든 선수가 그들을 맞이해 주었다.

일일이 하이파이브를 하고 벤치에 앉은 찬열에게 김무현

이 다가왔다.

"마셔라."

"감사합니다!"

김무현이 건네는 스포츠 드링크를 받아 단숨에 들이켰다.

"다음 이닝부터 민혁이와 교체다. 그러니까 푹 쉬어라."

그 말을 남기고 김무현은 자신의 자리로 돌아갔다.

어느 정도 예상한 일이었다.

어제 역전승의 여파인지 오늘 이글스 선수단의 상태는 정상이 아니었다.

무엇보다 선발투수 제이슨의 공이 엉망이었다.

반대로 와이번스 선수들은 최고의 컨디션이었다.

그 증거로 5회 초 현재 와이번스가 9 대 0으로 리드하고 있었다.

승부의 추가 기운 상황에서 이동건 감독은 다른 선수들에게 기회를 주기로 결정했다.

실제로 몇몇 주전 선수는 이미 교체된 상황. 그 차례가 이제 정찬열이 된 것이다.

"아웃!"

그사이 쓰리 아웃이 됐고 공수 교대가 됐다.

오랜만의 출전이었지만 박민혁은 무표정으로 더그아웃을 나섰다.

[와이번스의 수비에 변화가 생겼습니다. 박민혁 선수가 마스크를 쓰는군요.]

[오랜만에 나오는 박민혁 선수입니다. 시즌 초반이긴 하지만 정찬열 선수와의 주전 경쟁에서 다소 밀린 경향이 있습니다.]

박민혁은 뛰어난 포수다.

다른 팀으로 트레이드가 된다면 충분히 주전으로 뛸 수 있다는 평가를 받을 정도였다. 그런 박민혁이 주전으로 나서지 못한 건 오로지 박현우라는 거대한 벽 때문이었다.

박현우가 부상으로 빠졌을 때 많은 이가 박민혁이 드디어 빛을 보게 될 것이라 예상했다.

그게 당연한 수순이었으니까 말이다. 하지만 느닷없이 찬열이 등장해 괴물 같은 활약을 펼쳤다.

덕분에 박민혁은 이번에도 경쟁에서 밀렸다. 굴러온 돌이 박힌 돌을 빼낸 격이 돼 버린 것이다.

그러나 야구는 전적으로 실력 위주다. 비슷한 실력이라면 외적인 부분이 적용이 될 수 있지만 찬열과 민혁처럼 큰 차이가 난다면 감독의 선택은 한쪽으로 기울 수밖에 없다. 그런데도 박민혁에게 기회를 준 건 이동건이 시즌 전체를 보고 있다는 걸 의미했다.

'찬열은 첫 시즌을 치르고 있다. 지금의 페이스가 막바지까지 이어진다고 볼 수 없다.'

포수는 체력 소모가 심하다.

대부분의 선수가 여름 이후에는 체력이 떨어진다. 자연스레 성적도 떨어지게 되어 있었다.

'그때 커버를 해줘야 될 선수가 필요하다. 현우의 복귀가 늦어지고 있는 지금 민혁이도 실전 감각을 끌어 올려야 돼.'

박현우는 현재 2군에 있었다. 부상에서는 완치가 되었지만 경기 감각이 정상적이지 않았다. 복귀 날짜가 점점 미뤄지는 이유였다.

이런 상황에서 찬열이 부상을 입거나 페이스가 떨어지면 대안은 박민혁밖에 없었다.

그랬기에 오늘 경기에서 일찌감치 찬열을 교체시켰다.

오랜만의 출전이지만 박민혁은 안정적으로 경기를 운영해 나갔다.

투수들과 호흡도 잘 맞았고 볼 배합도 적절했다.

더그아웃에서 나오는 사인도 잘 보고 선수들에게 전달도 빠르게 했다.

특히 백미는 7회 말 수비였다.

[이글스 오랜만에 좋은 기회를 잡았습니다! 선두 타자 박용우 선수, 중견수 앞에 떨어지는 안타로 출루를 합니다.]

[올 시즌 박용우 선수는 벌써 도루 8개를 기록하며 빠른 속도로 도루 개수를 추가하고 있습니다.]

빠른 발의 타자가 루상에 나갔다.

투수가 흔들릴 수 있는 상황.

하지만 박민혁은 마운드에 올라가지 않았다.

오히려 빠르게 사인을 내어 투수가 다른 생각을 할 수 없게끔 했다. 그리고 방법은 효과적이었다.

펑—!

"스트라이크!"

[안타를 맞은 직후! 이동우 투수, 초구를 몸 쪽 빠른 공으로 카운트를 잡습니다!]

[타자는 투수가 흔들릴 수도 있다고 판단, 초구를 지켜봤지만 손해를 봤습니다.]

박민혁은 다시 한 번 더 빠른 템포를 가져갔다. 좋은 공을 던진 이동우의 리듬을 깨뜨리지 않게 하기 위함이다.

'바깥쪽, 낮은 코스, 포심.'

사인을 받은 이동우가 고개를 끄덕였다.

세트포지션에 들어간 그는 어깨 너머로 1루 주자를 견제했다.

뛸 마음이 없어 보이는 주자를 확인한 이동우가 막 발을 드는 순간,

탁—!

박용우가 뛰었다.

하지만 이미 투구 동작에 들어간 상황.

이동우는 최대한 빨리 동작을 이어나가 공을 뿌렸다.

쐐액—!

제구가 제대로 되지 않아 다소 높게 공이 들어갔다.

누가 보더라도 확연히 볼인 상황. 하지만 타자는 박용우를 살리기 위해 느릿하게 스윙을 했다.

스윙을 한 이유는 하나다. 포수의 시야를 가리고 공을 던지기 어렵게 하기 위함이다.

퍽—!

박민혁은 그런 방해에도 공을 정확히 포구했다. 그리고 한 쪽 무릎을 꿇으며 미끄러지듯 전진했다.

동시에 미트에 꽂힌 공을 오른손으로 꺼내 간결하게 공을 던졌다.

쐐액—!

정확하고 낮게 깔린 송구가 2루로 빠르게 날아갔다.

그리고,

퍽—!

"아웃!"

[도루 실패! 박민혁 선수의 완벽한 송구에 박용우 선수가 잡혔습니다!]

[오랜만에 박민혁 선수의 트레이드마크인 앉아 쏴가 나왔습

니다!]

앉아 쏴.

통상적으로 포수의 송구는 일어나서 던진다.

하지만 몇몇 강견의 포수들은 앉은 상태로 공을 2루에 던져 주자를 잡아냈다.

일어나지 않기 때문에 더 빠르고 신속하게 2루에 공을 던질 수 있다는 장점이 있다.

순식간에 주자가 사라지자 이글스의 흐름은 또다시 끊겼다. 결국 기회를 놓친 이글스는 2차전도 경기를 내주고 말았다.

'앉아 쏴라…….'

찬열은 오늘 경기의 하이라이트라 할 수 있는 박민혁의 앉아 쏴를 떠올렸다.

'못해도 상관은 없지만 확실히 할 수 있다면 도루 저지에는 좋을 수도 있겠어.'

지금까지 앉아 쏴를 해봐야겠다는 생각은 하지 못했다. 굳이 할 이유가 없었다. 일어나서 던져도 충분히 주자들을 잡아낼 수 있었으니까. 하지만 앉아서 던질 수 있다면 그만큼 시간을 단축할 수 있었고 도루 저지율을 더 높일 수 있었다.

'연습을 해봐야겠어.'

그렇게 생각하며 찬열은 장비를 챙기기 시작했다.

그런 찬열을 관찰하듯 바라보는 시선이 있었다.

바로 박민혁이었다.

특유의 무심한 얼굴로 한참 동안 찬열을 바라보던 그는 이내 더그아웃을 빠져나갔다.

앉아서 송구하기.

일명 앉아 쏴로 알려진 이 방법은 사실 국내 선수만 하는 건 아니다. 메이저리그에서도 강견이라 불리는 몇몇 포수는 상황에 맞춰 앉아 쏴를 사용했다. 앉아서 송구하는 이유는 빠르기 때문이다.

보통 포수는 앉아서 포구를 하고 일어나 송구를 한다. 하지만 앉아 쏴는 일어나는 동작이 배제된다. 즉, 포구 즉시 송구를 하기 때문에 약간 더 빠르게 공을 던질 수 있었다.

그러나 장점만 있는 건 아니었다.

"흡-!"

짧은 호흡과 함께 간결하게 공을 던졌다.

쵀악-!

허공을 가르며 날아간 공이 그물망에 박혔다.

"또 실패네."

찬열은 머리를 긁으며 종이 표적을 확인했다.

"영점조준이 생각보다 어려운데."

앉아서 송구하는 건 상체로만 던지기 때문에 정확한 표적 조준이 어려웠다.

피칭도 그렇지만 송구 역시 정확도가 중요했다.

지금처럼 공이 엉뚱한 곳으로 빠진다면 주자를 1루 더 보내게 된다. 그렇다면 최악의 분위기가 연출이 된다.

"실전에서 써먹을 수 없겠는데."

이렇게까지 엉망이라면 아예 쓰지 않는 게 낫다.

조금 아쉽기는 했지만 어쩔 수 없다.

뚜벅-!

막 정리를 하려는 무렵, 조용한 불펜에 발소리가 들렸다.

고개를 돌리니 무표정한 박민혁이 다가오고 있었다.

'이 시간에 웬일이시지?'

"훈련 중이었냐?"

"예, 이제 막 정리할 생각이었습니다."

"음, 잠깐 시간 좀 괜찮아?"

진중한 목소리에 찬열은 긴장이 됐다. 박민혁과는 사이가 좋다고 할 수 없었다. 같은 포지션이고 자신이 그를 밀어낸 형국이 되다 보니 친해질 수가 없었다. 게다가 이글스 경기부터 자신을 관찰하듯 보는 그의 시선이 부담스러웠다. 그렇다고 선배가 먼저 제안했는데 무시할 수도 없었다.

"예, 어디 가서 이야기할까요?"

“아니야, 여기서 하지.”

그가 불펜 한쪽의 철제 의자를 가리켰다. 두 사람이 서로 마주보고 앉았다. 박민혁은 바로 본론을 꺼내지 않았다.

‘그만큼 꺼내기 힘든 주제라는 건가?’

더 궁금해졌다.

도대체 이 진중한 남자가 무슨 이야기를 꺼낼지 말이다.

그때 결심한 듯 박민혁이 고개를 들었다.

“찬열아.”

“네, 선배님.”

“내게 미트질을 알려다오.”

생각지 못한 부탁에 찬열의 눈이 동그랗게 커졌다.

미트질은 프레이밍의 속어다. 정식 명칭이 쓰이지 않을 정도로 국내의 프레이밍 수준은 낮았다. 덕분에 찬열의 프레이밍이 더욱 각광을 받을 수 있었다.

“미트질을 말입니까?”

박민혁이 고개를 끄덕이며 이야기를 이어갔다.

“그동안 네가 공을 받을 때 유심히 관찰했다. 너의 미트질은 마치 박현우 선배의 그것을 보는 것 같았다. 아니, 솔직하게는 더 좋아 보였다.”

찬열은 놀랐다. 박민혁은 박현우를 존경하고 있었다. 박현우가 눈앞에 있을 때의 행동이나 태도는 물론이거니와 없는 곳에서도 그것을 느낄 수 있게 행동했다. 그런 박민혁이 저런 말을 하다니?

"널 관찰하면서 나도 따라 하기 위해 노력을 했다. 하지만 아무리 노력을 해도 너처럼 부드럽게 미트질을 하지 못했다."

'아…….'

최근 교체 출장이 많아진 박민혁이다.

그러면서 이상하게도 포일이 많이 나오기 시작했다.

포일이란 포수가 잡을 수 있는 공을 제대로 포구를 하지 못하고 놓치는 걸 이야기한다.

한 가지 이상한 점은 주자가 있을 때는 에러를 범하지 않는단 점이다. 유독 주자가 없을 때, 그것도 공을 흘려도 될 상황에서만 에러를 범했다. 그리고 그 이유를 지금 알게 됐다.

'프레이밍을 연습 중이었던 건가?'

아마 보이지 않는 곳에서도 연습을 했을 것이다. 하지만 실전과 연습은 다르다. 실전에서는 공이 원하는 대로 오지 않기 때문에 실수가 나올 가능성이 높았다. 그것이 반복되다 보니 답답해졌고 자신을 찾아왔을 것이다.

예상이긴 했지만 어쨌든 박민혁은 발전하려 하고 있었다. 그리고 자신에게 도움을 요청했다.

'냉정하게 봤을 때 박민혁 선배는 내게 경쟁자다. 당장은

내가 밀리지 않겠지만…….'

야구란 누구도 예측을 할 수 없다. 자신조차도 박현우가 부상을 입고 그사이 주전을 차지할 수 있을지 누구도 몰랐다. 앞으로 어떤 일이 벌어질지 몰랐기에 경쟁자가 성장하는 건 내키지 않는 일이다. 그런 찬열의 생각을 읽기라도 한 걸까?

박민혁의 얼굴에 실망의 빛이 나타났다.

그때 좋은 생각이 났다.

"미안하다. 괜한 부탁을……."

"미트질을 알려드리는 건 어렵지 않습니다."

"응?"

"대신 제 부탁 좀 들어주셨으면 합니다."

"부탁?"

의아한 표정을 짓는 그를 보며 찬열이 미소를 지었다.

'인생은 기브 앤 테이크지.'

3장

기브 앤 테이크

경기 전.

공식 훈련을 끝내고 와이번스 선수단은 휴식에 들어갔다.

하지만 세 사람.

찬열과 박민혁, 그리고 강성준은 빈 불펜에 모였다.

"성준아, 무리한 부탁인데 들어줘서 고맙다."

"이 정도는 무리도 아닙니다."

웃으며 대답하는 강성준 덕분에 박민혁은 한결 마음이 편해졌다.

그사이 야구공을 준비한 찬열이 강성준에게 공 하나를 건넸다.

"형님, 일단 포심으로 20개만 던져 주세요. 가볍게 캐치볼

한다 생각하시고 던져 주시면 됩니다."

"오케이."

고개를 끄덕인 강성준이 간이 마운드로 향했다.

"선배님의 프레이밍을 먼저 보고 싶습니다."

"프레이밍?"

"미트질의 정식 명칭입니다."

"아……."

박민혁이 고개를 끄덕였다. 확실히 들어본 것 같긴 했다.

찬열은 그런 그를 향해 미트를 내밀었다.

박민혁은 그것을 손에 끼고 캐처 박스로 가서 앉았다.

"갑니다!"

준비가 끝나자 강성준이 공을 던졌다.

힘을 빼서 던졌기에 구속은 110㎞ 전후로 나왔다.

구속을 줄인 덕분인지 제구는 칼처럼 박민혁의 미트에 정확히 박혔다.

그 모습을 본 찬열이 강성준을 향해 외쳤다.

"형님! 존에서 공 하나 빠지게 던져 주세요!"

"코스는?"

"편하신 대로 해주시면 됩니다."

"알았다."

강성준이 다시 공을 던지기 시작했다. 주문대로 존에서 공

하나가 빠지는 코스였다.

박민혁은 그 공들을 하나하나 플레이밍하기 시작했다.

그 모습을 찬열은 유심히 관찰했다.

20번째 공을 받자 박민혁이 자리에서 일어났다.

"어때?"

"음, 전체적으로 좋은데 몇 가지 걸리는 부분이 있네요."

"어떤 부분이?"

"예, 직접 보여드릴게요."

찬열이 자리에 앉았다. 그러자 강성준이 다시 공을 잡고 던졌다.

코스는 바깥쪽 낮은 쪽으로 들어오는 공이었다. 원하던 대로 공이 하나쯤 빠진 위치.

퍽-!

미트에 공이 박히는 순간 그는 손목을 틀어 위로 올렸다.

"이게 민혁 선배님의 프레이밍입니다. 손목은 물론이거니와 팔뚝까지 쓰기 때문에 움직임이 크죠. 이렇게 되면 구심이 볼 수 있기 때문에 볼로 판정이 나오죠."

박민혁이 고개를 끄덕였다.

"그럼 어떻게 해야 될까?"

"이건 제 방법입니다. 성준 형님! 하나 더 부탁드릴게요!"

"오케이!"

강성준이 다시 공을 잡았다. 그리고 같은 코스로 다시 한 번 던졌다.

퍽-!

공이 미트에 박히는 순간 찬열은 손목을 틀었다. 동시에 엄지손가락을 위로 올렸다. 반대로 그의 어깨와 팔뚝은 그 자리에 고정이 되어 있었다.

전체적인 움직임은 줄었지만 미트는 더 확실하게 존으로 올라가 있었다.

"방금 어떻게 한 거냐?"

눈앞에서 보고 있어도 박민혁은 바로 파악하지 못했다.

그만큼 신속하고 간결했다.

찬열은 미트를 벗고 자신의 손바닥을 가리켰다. 정확히는 엄지손가락 밑이었다.

"이 부분을 안쪽으로 말듯이 올려주면서 손목을 비틀어주면 됩니다."

"손목만으로 그렇게 움직인다고?"

박민혁이 놀란 목소리로 물었다.

자신도 손목 힘은 강한 편이라 자부했다. 하지만 포구하는 순간 손목을 비틀어 저 정도까지 미트를 올리는 건 결코 쉬운 일이 아니었다.

"프레이밍의 기본은 손목 힘입니다. 이쪽의 힘이 부족하면 아무리 좋은 기술을 가지고 있더라도 그걸 실전으로 옮기는 건 어렵습니다."

확실히 방금 전 찬열이 보여준 프레이밍을 하기 위해서는 손목의 힘이 반드시 필요했다.

"넌 이런 걸 어디서 배운 거냐?"

"3학년 때 미국 쪽 스카우트에게 배웠습니다."

"아……."

이 질문이 나올 걸 예상했기에 찬열은 막힘없이 대답했다. 그리고 그 대답은 박민혁에게 바로 먹혔다.

지금 시기 아직까지 메이저리그는 선망의 리그였다.

그곳에서 온 사람에게 직접 배웠다고 하니 박민혁도 납득할 수밖에 없었다.

"손목 운동 방법은……."

"그건 내일 알려주라. 이번에는 내 차례인 거 같다."

박민혁의 말에 찬열은 문득 시간을 확인했다.

어느덧 4시가 넘은 시간.

이제 슬슬 경기를 위해 모여야 할 때였다.

박민혁은 다시 미트를 착용하고 캐처 박스에 앉았다.

"성준아, 5m 정도 더 뒤로 가서 공을 던져라."

"알겠습니다!"

귀찮을 만도 하거만 강성준은 아무런 불만 없이 자리를 이동했다.

"갑니다!"

박민혁이 고개를 끄덕이자 강성준이 공을 던졌다.

펑—!

포구한 박민혁은 그와 동시에 왼쪽 무릎을 꿇어 지면에 고정했다. 이어서 미끄러지듯 전진하며 상체를 회전하며 공을 뿌렸다.

퍽—!

"오우!"

순식간에 날아간 공이 강성준의 글러브에 정확히 꽂혔다.

감탄을 터뜨리는 강성준만큼이나 찬열도 놀랐다.

자신은 그렇게 해도 영점이 잡히지 않았는데 박민혁은 너무 쉽게 해냈다.

'분명 노하우가 있을 거다.'

그걸 배우기 위해 자신 역시 노하우를 토해냈다. 그리고 박민혁은 기대대로 자신의 모든 걸 알려주었다.

"앉아서 송구하는 것에서 가장 어려운 점은 영점조준이다. 일어나서 송구를 할 때 발을 2루로 향하면 몸의 중심이 그곳으로 향해 있기 때문에 더 쉽게 조준을 할 수 있다."

알고 있는 내용이다. 궁금한 건 무릎을 꿇은 상황에서 조준을 하는 것이다.

"하지만 무릎을 꿇은 상황에서는 그게 안 되기 때문에 신체의 다른 부분을 사용해야 한다. 나 같은 경우는 어깨를 사용한다."

"어깨요?"

"그래. 천천히 해볼 테니, 잘 봐."

박민혁이 다시 캐처 박스에 앉았다.

"처음 포구를 하면 왼쪽 무릎을 꿇으면서 몸의 무게중심을 전진시킨다. 그 뒤에는 통상적인 송구 방법과 동일해."

매우 천천히 그러면서 자세한 설명에 찬열은 점점 빠져 들어갔다.

"중요한 점은 왼쪽 어깨가 송구할 방향을 가리켜야 된다는 거다."

박민혁은 상체를 거의 비틀듯 돌렸다. 덕분에 왼쪽 어깨가 정확히 2루, 강성준을 가리키고 있었다.

"노모 히데오 투구폼 같네요."

"거기까지 돌리면 안 되고."

찬열의 농담에 박민혁이 웃으며 설명을 이었다.

"상체를 이렇게까지 비트는 이유는 또 있다. 앉아 쏴는 하체의 힘을 거의 사용하지 못해. 그래서 상체의 힘을 최대한 이용해야 돼. 이렇게 몸을 비틀면 상체의 힘을 더욱 많이 사용할 수 있지. 게다가 회전력이 더해지니 송구에 더욱 힘이 생겨."

그러면서 몸을 회전하며 있는 힘껏 2루로 공을 던졌다. 이번에도 정확하게 강성준의 글러브에 공이 들어갔다.

"알아들었어?"

"대충은 알아들었습니다. 남은 건 반복적인 훈련이겠네요."

"그렇지. 이걸 네 것으로 만들기 위해서는 훈련밖에 없지. 나도 마찬가지고 말이야."

두 사람은 마주보며 웃었다.

시즌 전.

전문가들은 올해 우승 후보로 대구 라이온즈를 뽑았다. 작년 시즌 우승을 차지한 전력이 그대로 유지됐기 때문이다.

뒤를 이어 광주 타이거즈와 부산 자이언츠를 뽑았다.

서울 베어스 역시 4강 후보 중 하나였다.

하지만 와이번스를 우승, 아니, 4강 후보로 꼽은 전문가는 단 한 명도 없었다.

작년 시즌 페넌트레이스 하위권.

스토브리그에서도 FA를 잡거나 트레이드 같은 전력 보강도 없었다.

무엇보다 사령탑이 바뀐 것 역시 큰 이유였다.

게다가 주전 안방마님인 박현우의 부상까지.

하지만 와이번스는 5월이 끝난 시점에 공동 1위를 달리고 있었다.

와이번스의 돌풍에는 괴물 신인 정찬열이 있었다.

4월, 5월 합쳐 홈런 15개, 타율 3할 5푼 4리를 기록하며 압도적인 성적을 냈다.

시즌 초반에는 반짝 성적이라 이야기를 하는 사람들도 있었다.

하지만 4, 5월 합쳐 50경기가 넘은 상황이다. 그런데도 3할 타율과 두 자릿수 홈런을 기록했다는 건 대단한 일이었다.

특히 이번 시즌은 극심한 투고타저의 바람이 불고 있었다.

괴물 같은 투수들의 등장, 그리고 거포 타자들의 실종으로 야구의 꽃이라 불리는 홈런이 전반적으로 줄었다.

그랬기에 신인 타자의 괴물 같은 활약은 야구팬에게 단비와도 같았다.

[인천 문학 구장은 오늘도 만원 관중을 기록했습니다. 이로써 시즌 7번째 만원 관중이 되는군요.]

[작년 시즌 관중 수에서 저조한 성적을 남겼던 와이번스로서는 정말 기쁜 일이 아닐 수 없군요.]

[이 많은 관중이 모인 이유는 바로 이 선수를 보기 위함이죠. 5번 타자, 정찬열 선수가 타석에 들어섭니다!]

“정찬열! 정찬열!”

“오늘도 날려라!”

찬열은 관중들의 함성을 들으며 타석에 들어섰다.

‘7회 말, 2점 차라…….’

오늘 경기는 지고 있었다.

타이거즈의 선발투수 앤드류의 호투에 와이번스 타선이 무력화되었다. 하지만 앤드류는 완투를 하지 못했다.

6회까지 12K를 기록하며 올 시즌 자신의 최다 삼진을 갱신하고 마운드를 내려갔다.

그리고 뒤를 이어 올라온 이진수.

‘올해 27살, 군 제대 이후 첫 1군 시즌을 성공적으로 보내고 있다.’

경기 전 회의에서 들었던 내용을 떠올렸다.

‘우완 사이드암, 최고 구속은 144㎞. 체인지업이 일품이고 슬라이더와 커브를 던지지만 눈속임용이다. 즉, 투피치라는 소리지.’

타석에 한 발을 집어넣고 배트를 가볍게 돌렸다. 다소 여유로운 그의 태도에 마운드 위의 이진수는 짜증 어린 표정을 지었다.

‘제길! 신인 주제에 성적 좀 좋다고 엄청 여유 부리네.’

지금 상황이 좋지 않다 보니 평소라면 그냥 넘겼을 상황에도 짜증이 났다.

현재 루상에는 2명의 타자가 나가 있었다. 3번 타자 이성준은 단타로, 그리고 4번 김상필은 볼넷을 얻어 루상에 나갔다. 게다가 아웃 카운트는 하나도 올라가지 않았다.

다른 투수라면 교체했을 내용이다. 하지만 올 시즌 이진수는 좋은 활약을 보여주고 있었다.

4, 5월 중간 계투로 20경기에 나와 0승 0패, 7홀드 평균 자책점 1.30을 기록 중이었다.

커리어하이는 이미 넘어섰다.

팀 내부에서는 마무리 앞에 두는 셋업맨으로 옮겨야 된다는 의견에 힘이 실리고 있었다.

그랬기에 오늘 경기가 중요했다.

'오늘 경기만 이기면 셋업맨이 될 텐데…….'

셋업맨과 중간 계투의 연봉 차이는 매우 크다.

프로 7년 차에 온 그 기회를 놓칠 수 없었다.

신경이 날카로워지는 건 당연했다.

하지만 그게 실수였다.

투수는 언제나 냉정을 유지해야 했다. 어떤 경우에도 흥분을 하면 안 된다. 흥분을 한 시점에서 이진수는 찬열에게 심리적으로 밀리게 된다.

퍽-!

"볼!"

퍽–!

"스트라이크!"

퍽–!

"볼!"

찬열은 처음 3구를 지켜봤다.

전 타석에 볼이 스트레이트로 4개가 들어왔기 때문에 이진수의 상태를 살핀 것이다.

그 결과 결론을 내릴 수 있었다.

'아직 제구가 잡히지 않았다. 하지만 나와는 승부할 생각이다.'

3구 모두 실투였다.

하지만 존을 아슬아슬하게 걸치는 공들이었다. 승부를 할 생각이 없다면 이런 코스로 공이 들어올 리 없었다.

'제구가 잡히지 않았을 때는…….'

찬열은 노림수를 가지고 타석에 섰다.

포수와 사인을 교환한 이진수가 입술을 깨물고 와인드업을 했다.

'들어가라!'

"차앗!"

기합 소리와 함께 뿌린 공이 빠르게 날아왔다. 오늘 던진 공들 중 가장 좋은 공이 미트를 향해 날아갔다.

그 순간.

딱-!

마치 태풍이 몰아치듯 회전한 찬열의 배트가 정확히 공을 때렸다.

[이건! 큽니다! 갑니다! 펜스를 직격합니다!]

노 바운드로 펜스를 직격했지만 좌익수가 펜스 플레이에 실수해 주자가 들어오는 데는 문제가 없었다.

[정찬열 선수 중요한 순간에 2루타를…… 아! 멈추지 않습니다! 2루를 그대로 통과해 3루로 내달립니다!]

[아~ 무리인데요. 이미 좌익수가 공을 잡았습니다.]

[중계 이어집니다! 이미 좌익수 위치까지 나왔던 유격수가 공을 잡아 3루로 던집니다. 동시에 정찬열 선수, 슬라이딩합니다!]

퍽-!

3루수의 글러브가 정찬열의 옆구리를 강타했다. 고통에 인상이 찡그러졌지만 지금은 그런 아픔 따위는 문제가 아니었다.

찬열은 곧장 고개를 들어 3루심을 바라봤다. 눈이 마주치자 3루심이 양팔을 좌우로 뻗었다.

"세이프!"

"아니, 잠깐만요! 먼저 태그했어요!"

"아니야, 세이프야."

3루수와 심판의 언쟁이 벌어졌다.

하지만 찬열은 신경을 껐다. 비디오 판독 같은 시스템이 없는 시대다. 한 번 나온 판정을 번복하는 일은 거의 없었다.

'무엇보다 내 손이 먼저 닿았다.'

찬열은 그렇게 느꼈다.

그사이 중계 화면이 바뀌면서 찬열이 3루로 달려드는 모습이 나오고 있었다.

[정찬열 선수는 포수지만 발이 빠른 편에 속합니다. 하지만 좌익수가 공을 잡았기 때문에 3루는 무리라고 봤는데요.]

[맞습니다. 우익수가 잡았다면 모를까 좌익수라면 3루와 동일 선상에 있기 때문에 중계가 빠릅니다. 하지만 정찬열 선수는 2루에 도착하기 전에 이미 3루를 갈 생각이었나 보더군요.]

찬열이 슬라이딩하는 장면이 나왔다. 그때부터 슬로우가 걸린 화면은 천천히 재생됐다.

[정찬열 선수의 손이 먼저 베이스를 태그했군요. 3루심이 정확히 판정을 내렸습니다.]

[3루수의 입장에서는 하체가 아닌 상체에 태그가 됐기 때문에 아웃이라 생각했었나 봅니다.]

수비수는 태그를 할 때 눈으로 확인하지 않고 태그가 된 위치로 판단을 내린다. 어깨를 태그하면 완전히 아웃 타이밍이다. 상체는 반반이고 하체를 태그하면 세이프 타이밍으로 생각한다.

3루수가 항의를 하는 이유였다.

[항의가 길어졌지만 판정은 번복되지 않았습니다. 정찬열 선수의 2타점 3루타로 스코어는 동점이 됐습니다. 그리고 타이거즈의 투수 코치가 마운드에 올라옵니다. 결국 교체로군요.]

[이진수 선수 아쉽습니다. 올 시즌 좋은 모습을 보여줘서 기대했는데 아웃 카운트를 하나도 잡지 못하는군요.]

투수 교체.

하지만 기세가 오른 와이번스를 막을 수 없었다.

6번 타자 임영호가 바뀐 투수를 공략해 2루타를 기록, 역전에 성공했다. 그러나 후속타가 터지지 않아 1점의 리드를 안고 8회 초로 넘어갔다.

현재 와이번스는 셋업맨과 마무리의 보직이 확고했다.

셋업맨에는 150㎞짜리 강속구를 뿌리는 권태훈이 있었다.

작년 시즌에도 셋업맨을 맡았던 권태훈은 2년 연속 그 자리를 지키면서 팀의 승리를 마무리에게 맡기는 징검다리 역할을 충실히 했다.

펑─!

"스트라이크! 아웃!"

"나이스! 나이스!"

찬열은 자신의 미트에 박힌 공을 다시 권태훈에게 건넸다.

권태훈의 장점은 강속구와 제구력을 동시에 갖춘 투수라는 점이다.

150㎞의 공을 던지면 제구력이 다소 떨어지게 마련이다.

하지만 권태훈은 달랐다.

찬열이 원하는 코스에 80퍼센트의 확률로 공이 들어왔다.

더 많은 경우의 수를 만들 수 있었고 덕분에 공 4개로 투아웃을 잡을 수 있었다.

한 명은 삼진, 한 명은 2루 땅볼로 말이다. 그리고 3번째 타자인 1번 타자 하준호가 타석에 들어섰다.

[발이 빠른 하준호 선수, 초구에 기습 번트 자세를 취해봅니다. 하지만 그냥 공을 보내는군요. 볼입니다.]

[좌타자인 하준호는 언제든지 번트를 쳐서 내야안타를 만들 수 있는 발이 있습니다. 와이번스 배터리와 내야수들의 머리가 복잡해지겠네요.]

캐처 박스에 앉은 찬열이 더그아웃을 바라봤다. 더그아웃에서 나오는 작전을 내야수들에게 전달하는 것 역시 포수가 하는 일중에 하나였다.

수비 코치인 차승택은 외야수들의 위치를 조절해 주고 있었다.

찬열의 시선은 이동건에게 향했다. 시선이 마주치자 이동건이 빠르게 손을 움직였다.

'내야 전체 전진, 내야안타에 주의하도록.'

찬열이 고개를 끄덕이고 자리에서 일어났다. 그러고는 미리 정해진 사인을 내야수들에게 보냈다.

그 뒤 권태훈에게 사인을 보냈다.

'직구.'

'오케이.'

권태훈도 같은 생각을 했는지 고개를 끄덕였다.

[권태훈 선수 2구 던집니다!]

쐐액—!

퍽—!

[하준호 선수 다소 높게 제구된 공을 그냥 지켜보는군요. 다시 볼로 판정이 됩니다.]

[와인드업에 들어가는 순간 3루수가 전진하는 걸 봐서는 번트를 대비한 투구인 거 같군요.]

[그렇습니까?]

[예, 사실 번트를 대기 가장 어려운 구종이 바로 포심입니다. 150㎞가 넘는다면 제대로 방망이에 맞추는 게 어렵습니다. 부상의 위험도 있기 때문에 웬만한 강심장이 아니면 힘들죠.]

[그렇군요. 그래서 2구를 포심으로 선택했군요.]

겉으론 내색하지 않았지만 찬열은 아쉬웠다.

'초구에 번트를 했던 건 보여주기였나?'

하준호는 배터리와 머리싸움을 아주 잘하는 타자였다.

그런 타자를 상대하는 건 힘들기도 했지만 한편으론 재미있었다.

'어디 누가 이기나 해보자.'

[사인을 교환한 권태훈 선수, 3구 던집니다.]

쐐액—!

딱—!

[3구 역시 포심! 하준호 선수, 호쾌하게 배트를 돌렸지만 타이밍이 조금 늦었네요. 파울이 됩니다.]

[좋은 선택이었습니다. 투 볼로 카운트가 몰린 상황에서는 어설픈 변화구보다 정면 승부가 좋죠.]

[빠른 템포로 권태훈 선수 4구 던집니다. 떨어지는 공에 배트 나오지 않습니다.]

[아~ 좋은 선구안입니다. 작정하고 유인구를 던졌는데 배트를 돌리지 않았어요.]

[이걸로 쓰리 볼 원 스트라이크, 완전히 몰린 권태훈과 정찬열 배터리, 과연 5구는 어떤 선택을 할 것인가?!]

찬열의 머리가 빠르게 회전했다.

'초구 번트, 2구 지켜보기, 3구 파울, 4구는 다시 기다리기.'

지금까지의 과정을 되짚었다. 그리고 한 가지 결론을 내렸다.

'지금 상황에서 번트를 댈 이유는 없다. 그리고 변화구도 치지 않을 거야.'

한 점 차 승부다.

투아웃이긴 해도 기회를 잡는 걸 원할 것이다. 그렇게 판단한 찬열은 정면 승부를 택했다.

'몸 쪽 직구.'

쓰리 볼에서 과감한 선택을 했다. 자칫 제구에 실패하면 볼넷으로 주자를 내보낸다. 그럼에도 불구하고 몸 쪽을 선택했다. 오늘 권태훈의 제구력을 믿기 때문이다.

[권태훈 선수, 고개를 끄덕입니다. 사인 교환이 끝나고 5구, 던집니다!]

쐐액—!

공이 손에서 떠나는 순간.

하준호가 기습적인 번트 자세를 취했다. 내야수비가 조금 전진해 있다고는 하지만 번트에 대한 대비는 하지 않고 있었다.

특히 3루수 이성준의 대시가 늦었다.

딱—!

배트에 공이 맞았다. 하지만 워낙 빠른 공이었기에 정확히 맞추지 못하고 배트의 윗부분을 맞으며 공이 높게 떴다.

[기습적인 번트! 하지만 공은 뒤로 날아갑니다.]

찬열이 빠르게 마스크를 벗고 공을 찾았다.

"뒤!"

권태훈의 외침에 뒤를 돌아본 찬열의 눈에 빠르게 땅으로 떨어지는 공이 보였다.

다소 멀어 보였지만 포기하지 않고 달렸다. 빠른 발로 순식간에 접근한 찬열은 공을 향해 몸을 날렸다.

촤아아악—!

마치 헤드 퍼스트 슬라이딩을 한 것처럼 그라운드에 미끄러진 찬열에게 모든 이의 시선이 집중됐다.

그 시선에 보답이라도 하겠다는 듯 찬열이 미트를 높게 치켜들었다.

그 안에는 하얀 야구공이 들어 있었다.

"아웃!"

[잡았습니다! 정찬열 선수! 허슬 플레이로 마지막 아웃 카운트를 잡아냅니다! 8회 초 타이거즈는 또다시 삼자범퇴로 공격을 마감합니다!]

* * *

[오늘의 호수비는 인천 와이번스의 괴물 타자 정찬열 선수가 선

정되었습니다. 8회 초 하준호 선수의 번트 타구가 파울이 되자 지체 없이 몸을 날려 공을 잡아냈습니다. 정찬열 선수는 공격에서도 좋은 활약을 펼쳤고 와이번스는 타이거즈를 3 대 2로 누르고 승리를 챙겼습니다.]

＊＊＊

–정찬열 쩔지 않냐? 최근 10년간 최고의 신인인 듯.

–그 자식은 거품이지. 타격은 페이스라는 게 있는데 초반에 이렇게 몰아치면 중 · 후반기에 거품 빠지면 쫑이지.

–몰아치는지 아닌지 어떻게 아냐?

–내가 봤을 때 올 시즌에 신인 최다 홈런 기록은 갱신할 듯.

–30개였던가?

–ㅇㅇ 지금 15개니까 그 정도는 넘을 수 있을 듯.

–지금 성적은 거품이라니까?

찬열은 인터넷의 평가를 보며 만족스런 미소를 지었다.

“흐흐, 내 칭찬으로 가득하네.”

간혹 악플도 보이긴 했지만 칭찬이 대다수를 이뤘다.

그도 그럴 것이 최근 찬열의 활약은 괴물 그 자체였다.

인터넷은 물론이거니와 언론에서도 찬사를 보내고 있었다.

"아~ 야구 할 맛 난다."

미국에 있던 시절.

찬열은 야구를 하며 스트레스를 받았다.

경쟁, 경기 출장 등 야구에 관련된 모든 일이 스트레스였다. 하지만 회귀를 한 뒤에는 전혀 스트레스를 받지 않았다.

훈련, 경기, 대인 관계 모든 게 완벽했다. 마음이 편하니 성적도 자연스레 따라오고 있었다.

"야구하는 게 즐거워."

끝이 보이지 않는 터널을 벗어난 듯 그는 야구가 즐거웠다.

* * *

타이거즈와의 3연전을 끝낸 찬열은 대구로 이동했다.

작년 정규 시즌, 그리고 한국 시리즈 우승 팀인 대구 라이온즈와 상대하기 위해서다.

와이번스는 올 시즌 대구 라이온즈와 2번의 맞상대를 했다.

6전 3승 3패라는 비등한 전적을 기록했다. 올 시즌 라이온즈가 우위를 점하지 못한 팀이 없다는 걸 감안했을 때 매우 좋은 성적이었다.

하지만 와이번스의 감독 이동건은 그 위를 보고 있었다.

'이번 시리즈를 우리가 가져오면 단독 선두로 나설 수 있다. 그렇게 되면 팀의 상승세에 도움이 된다.'

시즌 초반, 단독 선두라는 건 어떻게 보면 별다른 의미가 없다. 하지만 선수들에게는 아니었다. 1등이라는 자부심, 그리고 작년 시즌 우승 팀을 이겼다는 자신감.

그 두 가지가 붙으면 선수들은 그 이상의 경기력을 낸다.

이동건은 그걸 원했다.

그리고 그 기회는 1회부터 찾아왔다.

[1회 초 와이번스 좋은 찬스를 잡습니다! 3번과 4번의 연속 안타로 2사 1, 2루의 상황에 타석에는 괴물 신인! 정찬열 선수가 들어옵니다!]

[정찬열 선수, 올 시즌 정말 미친 활약을 보여주고 있습니다. 선발투수에는 류성일, 마무리 투수에는 오성훈, 그리고 타자에는 정찬열. 이 세 명의 신인급 선수가 정말 KBO를 재밌게 만들어주고 있어요.]

[최근 그의 뜨거운 타격감을 증명하기라도 하듯 대구 구장의 와이번스 원정 팬들이 들썩이고 있습니다. 현재 정찬열 선수는 15개의 홈런을 때려냈는데요. 1개만 더 추가하게 되면 신인 포수 최다 홈런 타이기록을 이루게 됩니다!]

[오~ 벌써 그렇게 됐나요? 정말 대단합니다!]

[마운드의 차범수 선수, 초구 던집니다.]

"볼!"

[초구, 볼입니다. 떨어지는 변화구로 보였는데요.]

[맞습니다. 커브였던 거 같은데요. 맞군요. 초구부터 커브를 선택했다는 건 역시 정찬열 선수의 장타를 의식하고 있는 듯합니다.]

[확실히 정찬열 선수는 와이번스에서 장타율과 OPS가 가장 높은 타자입니다.]

[게다가 타점도 가장 많죠. 정면 승부를 하는 게 어려울 겁니다.]

[하지만 정면 승부를 피한다면 2사이긴 하지만 만루가 되지 않습니까?]

[예, 그러니 승부를 할 겁니다.]

찬열 역시 해설위원과 같은 생각을 하고 있었다.

'내 뒤에는 영호 선배가 있다. 만루 상황을 만들고 싶진 않을 거야.'

임영호는 팀 내에서 세 번째로 타율과 타점, 그리고 홈런이 많은 타자였다.

본래 5번 타자를 맡았던 선수이니 당연했다.

자신이 무섭다고 해서 승부를 피해 만루를 만들고 임영호와 상대할 것 같진 않았다.

그러나.

퍽—!

"볼!"

퍽-!

"볼!"

세 개의 공이 연달아 볼로 들어왔다.

정확히는 아슬아슬한 코스로 들어온 공을 찬열이 골라낸 것이다.

[정찬열 선수, 뛰어난 선구안으로 쓰리 볼 좋은 볼카운트를 잡아냅니다.]

[라이온즈 배터리는 반드시 승부를 해야 할 때입니다. 과연 정찬열 선수가 이 기회를 잘 잡을 수 있을지 기대됩니다.]

'분명 공은 들어온다.'

찬열은 존을 좁혔다. 하지만 비슷한 코스에 들어오면 배트를 돌릴 생각이었다.

[4구 던집니다!]

"흡!"

슬라이드 스텝과 함께 차범수가 공을 뿌렸다.

'포심!'

같은 릴리스 포인트, 자세, 그리고 포심의 궤적을 그리며 공이 날아왔다.

존의 한가운데에 들어오는 공이었다.

찬열은 망설이지 않고 발을 내딛으며 동시에 허리를 돌렸다.

후웅-!

"큭!"

있는 힘껏 배트를 돌렸지만 때리는 느낌이 없었다. 그 탓에 몸의 균형이 무너지면서 휘청였다.

퍽-!

"스트라이크!"

뒤에 들리는 스트라이크 판정에 찬열의 얼굴이 일그러졌다.

'쓰리 볼에 스플리터라고?!'

방금 궤적에서 떨어지는 공.

차범수가 던질 수 있는 구종 중에는 스플리터가 유일했다.

하지만 선뜩 이해할 수 없었다.

[차범수의 선택은 스플리터였습니다!]

[정말 과감한 선택입니다.]

[왜죠?]

[쓰리 볼에서 타자는 두 가지 행동을 취합니다. 정찬열 선수처럼 노림수를 가지고 배트를 돌리든지 아니면 볼 하나를 버리고 볼넷을 노릴 수 있습니다.]

[아~ 만약 후자였다면 바로 볼넷을 얻었겠군요.]

찬열은 전자를 택했다.

자신과 승부할 것이라는 확신을 가졌기에 바로 배트를 돌렸다. 하지만 들어온 건 변화구였다.

'나와 승부를 피한다고?'

선뜩 이해가 되지 않았다.

'아니야, 반드시 승부해 온다. 이번에는 다시 카운트를 잡으려고 할 거야.'

찬열은 다시 정비를 갖추고 타석에 섰다.

[차범수 선수 5구 던집니다!]

"차앗!"

후웅–!

펑–!

"스트라이크!"

기합 소리와 함께 뿌린 5구가 다시 스트라이크존으로 들어오다 뚝 떨어졌다.

[또다시 헛스윙! 정찬열 선수 두 번 연속 호쾌한 헛스윙을 선보입니다!]

[2구 연속 스플리터에 속았습니다. 노림수를 가지는 건 좋습니다만 너무 판단이 빨랐습니다.]

'또다시 스플리터? 이게 말이 돼?'

자신이 포수라면 절대 이런 리드는 하지 않을 것이다. 여기서 이닝을 끝낼 생각으로 리드를 해야 했다.

그게 정석이었다.

그런데 상대방은 자신과의 승부를 피하고 있었다.

'기다린다. 어떻게든 살아서 영호 선배에게 기회를 넘겨야 돼.'

이제 장타를 노릴 때가 아니었다.

[카운트는 순식간에 풀카운트! 승부를 할 것이냐? 아니면 피할 것이냐? 차범수 선수 6구 던집니다!]

"흡!"

투아웃에 풀카운트.

차범수는 와인드업과 함께 공을 뿌렸다. 공이 손을 떠나는 순간 주자는 자동으로 스타트를 걸었다.

'기다려라. 확실하게 파악하고…….'

두 번 연속 헛스윙을 한 덕분에 찬열은 신중해졌다.

하지만 그게 실수였다.

이전과 마찬가지로 이번에도 공은 존의 가운데로 들어왔다. 위치는 바깥쪽으로 들어오긴 했지만 높이는 같았다.

'떨어진…… 안 떨어진다!'

공의 변화가 없는 걸 뒤늦게 간파한 찬열이 다급히 배트를 돌렸다. 하지만 완전히 타이밍을 뺏겼다.

펑─!

후웅─!

"스트라이크! 아웃!"

[삼진! 삼진입니다! 차범수 선수, 6구 포심 패스트볼을 선택! 정찬열 선수를 삼진으로 잡아냅니다!]

[4구, 5구 연속해서 스플리터를 던져 정찬열 선수의 반응이 느렸습니다. 이건 완벽하게 속았다고밖에 볼 수 없습니다.]

[차범수 선수! 1회 위기를 스스로 이겨내며 무실점으로 이닝을 마감합니다!]

'제길…… 완전히 농락당했다.'

찬열은 얼굴을 일그러뜨린 채 더그아웃으로 돌아왔다.

"잘했다! 잘했어."

"다음에 다시 치면 돼! 너무 마음 쓰지 마!"

동료들의 위로에 어느 정도 마음의 안정을 찾은 찬열은 빠르게 장비를 착용했다.

'다음 공격에 두고 보자.'

그러면서 복수의 칼날을 갈았다.

하지만 이날 찬열은 복수를 할 기회가 전혀 없었다.

차범수를 비롯해 라이온즈 마운드에 올라온 3명의 투수 중 그 누구도 찬열과 정면 승부를 하지 않았다.

덕분에 볼넷을 2개나 얻었지만 2개의 삼진을 당하며 단 하나의 안타도 치지 못한 채 경기를 마감했다.

그리고 찬열의 침묵 속에 와이번스 역시 3 대 1이라는 스코어로 패배하고 말았다.

그러나 이건 시작에 불과했다.

＊＊＊

펑–!

"베이스 온 볼!"

네 개의 볼이 연달아 들어왔다.

타석에 서 있던 찬열은 마운드 위의 투수를 노려보다 1루로 천천히 뛰어갔다.

[또다시 볼입니다! 이걸로 정찬열 선수 오늘도 안타를 추가하지 못한 채 볼넷만 3개를 얻어냅니다! 라이온즈가 어제부터 노골적으로 정찬열 선수를 피하고 있는 거 같은데요?]

[그렇습니다. 어제부터 정찬열 선수와의 승부를 피하는 느낌이 진하네요.]

[베이스에 나간 정찬열 선수도 답답한 표정을 짓네요.]

어제와 오늘.

정찬열은 7번 타석에 섰다.

그중에서 볼만 5개를 얻어냈다.

어제의 일이 있었기 때문에 찬열은 오늘 끈덕지게 타석에서 기다렸다. 덕분에 삼진이 없었다.

사실 볼넷으로 출루를 하더라도 나쁜 건 아니다.

어쨌든 1루에 나가는 거니 말이다.

하지만 타자의 입장에서는 장타를 때릴 기회가 완전히 사라지는 것이 된다.

임팩트나 실제적인 성적에서도 마이너스 요인이 된다.

'게다가 난 5번이다. 어떻게든 출루를 해야 될 테이블세터가 아니란 말이다.'

타순에 따라 타자들은 그 역할이 달라진다.

테이블세터인 1, 2번은 밥상을 차려야 한다. 어떻게든 루상에 출루해서 투수와 수비진을 흔든다. 그리고 클린업트리오인 3~5번 타자들은 그런 테이블세터를 홈으로 불러들여야 했다. 그것이 임무였다.

그런데 승부를 계속 피하니 임무를 수행할 찬스가 전혀 없었다.

'루상에 주자가 있어도 나와 승부를 피한다.'

어제도 그랬지만 오늘도 1, 2루에 주자가 있을 때 자신은 볼넷을 얻어 1루에 들어갔다.

덕분에 만루가 됐지만 임영호가 내야 땅볼을 쳐 병살타로 이닝이 끝났었다.

그러다 보니 임영호의 자존심도 많이 상했다.

타석에 들어서는 그의 표정이 좋지 않은 것만 봐도 그의 지금 심정을 알 수 있었다.

'시즌 초까지만 해도 5번을 맡았던 영호 선배다. 내게 자리를 뺏겼을 때 내색은 하지 않으셨지만 분명 자존심은 상하셨을 거야.'

그런 상황에서 찬열과 승부를 피하고 자신과 승부를 하니 화가 날 수밖에 없었다.

그리고 그런 정신은 타석에서 큰 스윙으로 나왔다.

후웅-!

"스트라이크!"

반드시 한 방 날려 본때를 보여주겠다는 심정이 여기까지 느껴졌다.

후웅-!

"스트라이크! 투!"

분명 유인구임에도 배트가 돌아갔다.

'너무 힘이 들어갔다.'

힘이 들어가면 배트의 스윙이 느려진다. 당연히 140㎞가 넘는 강속구를 제대로 맞출 수 없게 된다.

딱-!

결국 빗맞은 타구가 내야에 굴러갔다.

찬열은 다급히 2루로 뛰었지만 이미 공은 2루에 도착해 있었고 곧 1루로 날아갔다.

퍽-!

"아웃!"

순식간에 아웃 카운트 두 개가 올라갔다.

이로써 쓰리 아웃.

또다시 잔루가 남은 상황에서 이닝이 종료됐다.

[오늘 경기에서 두 개의 병살타를 기록하는 임영호! 이로써 잔루는 7개! 와이번스는 결정적인 한 방이 나오지 않고 있습니다!]

와이번스는 시즌 첫 스윕 패를 당했다.

순위도 2위로 내려앉았다가 공동 2위가 되었다.

찬열은 시리즈 동안 12번 타석에 섰다. 그중에서 7번을 볼넷으로 베이스에 나갔다. 1번은 안타를 기록했고 남은 4번 중 3번은 삼진과 1번은 병살타로 물러섰다. 출루율만 놓고 보면 6할이 넘었다. 그랬기에 인터넷에서도 그를 욕하는 글은 극히 적었다.

-안타는 1개지만 출루율이 6할이 넘으면 역할 다한 거 아님?

-맞음. 상대가 피하는데 어떻게 함? 좋지 않은 공 쳤다가 병살 안 당한 게 다행이지.

-정찬열이 무슨 테이블세터도 아니고. 출루율이 좋으면 뭐합니까? 3경기 동안 타점을 1개도 기록 못했는데.

커뮤니티에서는 갑론을박이 이어졌다.

누가 맞고 틀리다고 할 수 없을 정도로 양쪽의 의견은 모두 이치에 맞았다.

현대 야구에 접어들면서 출루율은 매우 중요했다.

타자가 살아 나감으로써 후속 타자가 점수를 낼 수 있는 기회를 얻기 때문이다. 하지만 클린업트리오에게는 더 중요한 게 바로 타점과 장타력이다.

극단적으로 말해 출루와 타점 둘 중에 하나를 택하라면 출루를 버려야 했다.

이동건 역시 그러한 점 때문에 고심을 거듭했다.

'당장 찬열의 타순을 내릴 생각은 없다. 비록 타점이 없었다고는 하지만 출루율은 높으니까. 그러나 이게 지속된다면…….'

라이온즈는 극단적 선택을 했다. 도박과도 같았다. 문제는 거기서 성공했다는 것이다. 더 큰 문제는 그 점을 전 구단이 알았다는 점이다.

'다른 구단이 따라하지 않으면 좋겠는데…….'

사실 라이온즈는 찬열만 봉쇄한 게 아니었다.

찬열을 볼넷으로 내보내고 그 뒤의 타자인 임영호를 효율적으로 막았다.

'데이터가 더 확실한 임영호를 상대할 자신이 있었기 때문에 찬열을 내보낼 수 있었던 거다.'

하지만 이 방법에는 리스크가 있다. 만약 임영호를 제대로 봉쇄할 수 없다면 오히려 독이 되어 돌아온다는 것이다. 그랬기에 함부로 사용할 수 없었다.

'만약 그 리스크를 감당하고 사용한다면…….'

찬열의 상승세가 꺾일 수도 있는 일이었다.

이동건은 걱정 어린 표정으로 다음 경기의 전술을 고민했다.

＊＊＊

결과적으로 이동건의 예상은 맞았다.

최악으로 말이다.

[투아웃에 정찬열 선수 들어옵니다. 최근 열 경기에서 정찬열 선수의 타율이 무척이나 떨어졌습니다.]

[타율이 떨어지기 시작한 건 라이온즈와의 경기에서부터였습니다. 노골적으로 승부를 피했었는데요. 그 경기 이후 만난 팀들이 모두 정찬열 선수와 승부를 피했습니다.]

[말씀해 주신 대로 출루율만 놓고 보면 썩 나쁜 성적은 아닙니다. 오히려 라이온즈 경기를 포함해 초반 6경기에서는 6할이 넘는 출루율을 기록했었는데요.]

[예, 하지만 정찬열 선수는 5번 타자입니다. 출루보다 타점을 기

록해야 될 타자죠.]

[실제로 최근 경기에서 타점이 없었죠. 게다가 좋지 않은 코스의 볼에도 배트가 나가 3할 중반을 기록하던 타율은 3할 초반대까지 떨어졌습니다. 홈런 순위도 5위로 떨어졌는데요.]

[조바심을 느끼기 때문입니다. 자신이 해결을 해야 한다. 그래서 볼성 공에도 배트가 나가고 있습니다.]

후웅-!

펑-!

"스트라이크!"

[커브에 배트가 나갑니다. 간결하면서도 파워가 느껴지던 특유의 스윙이 더 이상 보이지 않는군요.]

[상대의 작전에 완전히 휘말리면서 본인의 스윙을 잃었습니다. 자칫 잘못하면 슬럼프가 길어질 수도 있겠네요.]

타자가 타격감을 잃는 건 순식간이다.

그 이유도 다양했다.

정말 사소한 부분에서도 타격감을 잃는 경우도 있었다.

반대의 경우도 있었다.

몇 년 동안 죽을 쑤던 타자가 아주 사소한 계기로 엄청난 타자로 성장하는 모습도 심심치 않게 보였다.

하지만 찬열의 지금 모습을 보고 있노라면 언제 살아날지 기미가 보이지 않았다.

딱–!

[빗맞은 타구, 유격수 정면으로 갑니다. 가볍게 잡아 1루에 송구! 아웃입니다. 쓰리 아웃! 공수 교대입니다.]

* * *

–오늘 경기도 정찬열 새끼 때문에 졌네.

–내가 쳐도 그것보단 잘 치겠다!

–도대체 그 새끼를 계속 기용하는 이동건은 뭐임? 이래서 젊은 놈을 감독으로 쓰면 안 됨.

–이동건이 정찬열 아버지 친구라던데?

–헐~ 지인이라서 그렇게 써먹는 건가? 하긴 다른 놈이 그랬으면 진즉에 2군에 내려보냈겠지.

인터넷을 보던 찬열은 굳은 표정으로 모니터를 껐다.

슬럼프에 빠진 지 2주가 지났다.

더 이상 커뮤니티에 호의적인 반응은 찾을 수 없었다.

어디를 가더라도 자신에 대한 욕, 나아가서 감독인 이동건에 대한 원색적인 비난이 있었다.

"미국에 있었을 때보다 최악이군."

마이너리그 시절에는 아예 무관심이었다. 당시에는 차라

리 욕이라도 좋으니 관심을 가져주는 사람이 있었으면 좋겠단 생각을 했다.

"미쳤던 거지."

직접적으로 비난을 당해보니 이건 상상을 뛰어넘었다. 어째서 연예인들이 악플에 정신병이 걸리고 최악의 선택을 하는지 짐작이 갔다.

"후우……."

슬럼프가 길어지면서 가장 답답한 건 찬열이다.

겨우 잡은 기회.

그 기회를 잘 살리고 있었다.

그런데 상대방의 집요한 견제에 스스로 무너졌다.

프로로 뛴 경력이 회귀 전후 합쳐 10년이 되었다지만 이런 경험은 처음이다.

마이너리그는 선수가 워낙 많다. 그리고 수시로 바뀌었다. 그랬기에 한 선수에 대해 전략 분석을 철저하게 하는 편이 아니었다.

마이너리그에서 오래 뛴 선수들끼리야 서로의 장단점을 파악하고 있겠지만 딱 거기까지였다.

당연히 찬열에 대해 견제도 심하지 않았다.

하지만 한국에서는 달랐다. 각 1군 팀들은 전력 분석에 큰 비용을 투자하면서 정보전에서 이기기 위해 노력했다. 그리고 분석이 된 선수는 철저하게 공략했다.

지금 찬열이 딱 그 상황이었다.

이런 일을 처음 겪는 찬열의 입장에선 매일 경기에 나서는 게 답답했다.

때로는 벤치에서 빼주지 않을까? 하는 기대도 가졌다.

하지만 이동건은 우직하게 그를 선발로 내세웠다.

팬들의 원성이 깊어져도 말이다.

'어떻게든 쳐야 되는데…….'

찬열의 고민이 점점 깊어졌다.

4장

슬럼프 따위 날려 버려!

다음 날.

찬열은 일찌감치 구장에 도착했다. 아직 선수의 모습은 보이지 않았지만 찬열은 익숙하게 트레이닝 룸으로 향했다. 예전에도 그랬지만 최근 성적이 부진하자 그 누구보다 빨리 구장에 도착하던 찬열이다.

'조금이라도 더 연습을 하자. 그러면 반드시 타격감이 돌아올 거야.'

연습에 연습을 더해야 한다. 그렇게 생각한 찬열이 막 감독실 앞을 지나던 때였다.

"찬열이를 선발에서 제외하는 게 어떨까?"

살짝 열린 문틈으로 익숙한 목소리가 들려왔다.

그냥 가려던 찬열은 자신의 이름이 나오자 호기심을 이기지 못하고 방 안을 엿봤다.

'수석 코치님과 감독님.'

서로 마주 보고 앉은 두 사람의 표정은 심각했다.

최호성이 이야기를 이어갔다.

"현재 찬열이의 타격감은 바닥을 치고 있어. 그 여파로 인해 안정적이던 수비도 최근 흔들리고 있다. 언제까지 지켜만 볼 순 없어."

맞는 이야기였지만 사람인 이상 찬열은 기분이 좋지 않았다.

그리고 이동건 역시 더 이상 견디지 못할 거라 생각했다.

언론과 여론이 점점 안 좋은 방향으로 향하고 있었다. 아마 자신이 모르는 곳에서도 압력을 받을 것이다.

국내의 감독 자리는 바람 앞에 등불이나 마찬가지일 정도로 위태로운 자리니까 말이다.

낙담한 표정으로 막 몸을 일으키려던 순간.

"찬열이를 선발에서 뺄 생각은 없습니다."

"하지만 이대로 간다면……."

"그 녀석은 한국 야구를 이끌어 갈 녀석입니다. 향후 10년, 아니, 부상만 아니라면 그 이상도 바라볼 수 있는 놈입니다."

이동건의 칭찬이 과하다고 생각했다. 하지만 그의 표정이 더없이 진지했기에 찬열은 그 말이 진심임을 깨달았다.

"형님이 막 스무 살일 때, 그리고 제가 입단했을 무렵, 우리는 어땠습니까? 찬열이처럼 홈런을 때려내고 선배들을 리드하면서 야구를 했었습니까?"

"음……."

"하지만 그 녀석은 해냈습니다. 시즌에 들어오기 전, 현우의 공백을 어떻게 메울까 고민할 때 녀석이 나타났습니다. 덕분에 시즌 초반, 1위도 했었습니다. 그런데 잠깐 슬럼프에 빠졌다고 이제 와서 버릴 순 없습니다."

"버리자는 게 아니라……."

"무슨 말씀을 하고 싶은 건지 알고 있습니다. 하지만 녀석은 1군에서 이번 슬럼프를 극복할 겁니다. 반드시 그럴 겁니다."

이동건의 목소리, 표정에서 자신에 대한 믿음과 신뢰가 느껴졌다.

'날 저렇게까지 믿어주다니…….'

야구 인생에서 이 정도까지 자신을 신뢰해 주는 지도자가 있었던가?

단언컨대 한 명도 없었다.

막 몸을 일으키는 찬열의 귀로 이동건의 목소리가 들렸다.

"전 녀석이 이 위기를 스스로 벗어날 것이란 걸 믿고 있습니다."

주먹을 꽉 쥔 찬열은 몸을 돌렸다.

* * *

[잠실 트윈스와 인천 와이번스와의 시리즈 첫 경기! 와이번스, 1회부터 아주 좋은 기회를 잡고 있습니다. 1사에 루상에는 모든 주자가 들어차 있습니다. 사실 위기기는 하지만 트윈스가 스스로 선택한 만루라고 할 수 있는데요.]

[그렇습니다. 최근 타격감이 괜찮은 임영호 선수보다 다음 타자인 정찬열 선수를 상대해 병살타를 만들겠다는 트윈스의 작전입니다.]

[정찬열 선수로서는 굴욕이겠군요.]

[굴욕이랄 것까지 있겠습니까? 신인이니 이런 것도 다 경험이죠! 하하!]

[아, 예. 자, 타석에 정찬열 선수 들어섭니다.]

찬열은 보호 장비를 다시 한 번 정비하며 마음에 안정을 찾았다.

"우우! 또 병살타 치려고 나왔냐?!"

"지인발로 있는 정찬열! 꺼져라!"

"너 같은 새끼가 우리 팀이란 게 창피하다!"

그때 여기저기서 욕설이 들려왔다.

사실 TV중계에는 관중석의 소리가 잘 들리지 않기 때문에 중계만 봐서는 모르지만 야구장에서는 원색적인 비난이 간간히 있었다. 성적이 좋지 않은 선수에게는 더욱 심했다. 특히 백네트 너머의 붉은 모자를 쓴 관중의 비난은 도를 넘고 있었다. 거리도 가까운 탓에 마치 코앞에서 외치듯이 또렷하게 들렸다.

이러다 보니 타자가 상대해야 할 적은 투수만이 아니었다. 관중들의 조롱을 이겨내는 것도 타자가 해야 될 일이었다.

"플레이볼!"

관중의 비난을 뒤로하고 찬열은 타석에 섰다.

그가 들어서자 트윈스 배터리는 약속된 사인을 주고받았다.

'어차피 이 녀석은 제대로 때리지 못한다.'

최근 타격감이 좋지 않은 찬열이었기에 간단한 사인 끝에 투수가 와인드업을 했다.

"차앗!"

140㎞ 중반에 달하는 투심 패스트볼이 찬열의 몸 쪽을 파고들었다.

후웅-!

딱-!

그 순간.

찬열의 팔이 몸 쪽에 붙으며 간결하게 나아갔다.

아쉽게도 배트는 공 밑을 스치듯 때려 뒤로 날아갔다.

촤아아악—!

가속도가 붙은 공은 그대로 붉은 모자를 쓴 관중의 앞 네트를 흔들었다.

"으아아악!"

눈앞까지 공이 오자 깜짝 놀란 관중이 비명을 질렀다. 네트가 있어 안전하다는 걸 알면서도 겁을 먹은 것이다.

"키킥!"

"완전 쫄았네."

"내가 다 쪽팔린다."

주변에서 관중들의 비웃음이 들려왔다. 그제야 자신의 실책을 깨달은 관중이 붉어진 얼굴로 고개를 들었다.

"응?"

그런 관중의 눈에 자신을 바라보고 있는 찬열이 보였다.

'서, 설마 일부러 그랬다고?'

지은 죄가 있어서일까? 마치 도둑이 제 발 저리듯 관중은 스스로 판단하고 지레 겁을 먹었다.

그런 관중에게서 고개를 돌린 찬열은 다시 타석에 섰다.

[초구를 타격했습니다만 아쉽게도 파울이 된 정찬열 선수! 다시 타석에 들어섭니다.]

[하하! 아쉽다뇨. 그런 게 아닙니다. 타이밍이 완전히 늦었어요. 저렇게 배트를 내미는 게 느리면 우리 트윈스의 강규현 투수의 공을 때릴 수 없어요.]

[아, 그렇군요. 말씀하시는 순간 강규현 선수, 2구 던집니다.]

"후우-!"

깊은 숨을 몰아쉰 찬열이 턱을 왼쪽 어깨에 붙이고 집중력을 끌어 올렸다.

'장타는 필요 없다. 단타, 단타를 노린다.'

탁-!

와인드업을 한 강규현의 발이 땅을 디뎠다.

"차앗!"

쐐애애액-!

팔을 채찍처럼 휘두른 그의 손에서 공이 뿌려졌다.

하지만 찬열은 배트를 돌리지 않았다.

'끝까지…… 본다!'

공이 막 홈 플레이트 앞에서 변화를 주는 순간.

'지금!'

후웅-!

찬열의 배트가 허공을 갈랐다.

딱-!

경쾌한 소리와 함께 라인드라이브로 공이 날아갔다.

“와아아아!”

[쳤습니다! 순식간에 좌익수 키를 넘긴 타구가 그대로 펜스를 직격! 3루 주자! 2루 주자 홈으로 들어옵니다! 그리고 1루 주자까지 들어왔습니다! 그리고 정찬열 선수는 2루까지 가볍게 들어갑니다! 싹쓸이 3타점 적시 2루타를 기록하는 정찬열 선수입니다! 방금 스윙 대단하지 않았습니까?]

[크, 크흠! 분명 좋은 스윙이었습니다. 하지만 우연찮게 타이밍이…….]

[오랜만에 타점을 올리는 정찬열 선수! 순식간에 스코어는 3 대 0! 와이번스가 앞서 나갑니다!]

문학 구장이 열광의 도가니가 됐다.

펑―!

“스트라이크! 아웃!”

“아니, 저걸 어떻게 쳐요?!”

“아웃이야.”

“멀었다니까요!”

타자와 구심이 실랑이를 벌었다.

‘멀었지.’

캐처 박스에서 일어나며 찬열은 생각했다.

분명 공은 멀었다. 그런데도 스트라이크를 잡은 건 프레이밍을 했기 때문이다.

타자도 그걸 알고 있었는지 더그아웃으로 돌아가며 찬열을 째려봤다. 하지만 하루 이틀도 아니었기에 찬열은 무시하며 다시 캐처 박스에 앉았다.

'오늘따라 프레이밍이 잘되네.'

최근 제대로 되지 않던 프레이밍이 잘 먹히고 있었다.

'역시 타점이 나와 줘서 그런가?'

무엇보다 찬스에서 나온 것이기에 기분이 좋았다.

'몸이 가뿐하다.'

그동안 어깨를 짓누르던 부담감이 한번에 사라진 기분이다. 더 이상 머리도 복잡하지 않았다.

그는 타석에 들어서는 타자를 유심히 바라봤다.

'가장 낮은 타율을 기록하고 있는 곳이 몸 쪽 가운데, 그리고 높은 코스였지.'

경기 전 회의에서 봤던 기록을 떠올렸다.

'토마스의 제구가 좋다. 몸 쪽을 공격적으로 가져가도 되겠어.'

오늘 선발은 토마스.

시즌 초반 다소 부진했던 그는 찬열 덕분에 빠르게 팀에 스며들면서 부진에서 벗어났다.

최근에는 워낙 성적이 좋아 윤정길과 함께 7승씩을 챙겨 전반기 10승 달성이 유력해 보였다.

'몸 쪽 투심으로 가자.'

찬열의 사인에 고개를 끄덕인 토마스가 와인드업을 했다.

"하압!"

펑—!

"스트라이크!"

공격적인 리드를 가져가는 찬열과 그 코스에 완벽히 공을 꽂는 토마스의 모습을 지켜보며 이동건이 고개를 끄덕였다.

'안정감을 찾았다. 오늘 경기는 기대해 볼 만하겠어.'

수비와 타격은 다르지만 그렇다고 완전히 동떨어져 있는 건 아니었다.

'가장 중요한 건 자신감이다. 호수비를 펼치거나 좋은 타격을 하면 당연히 자신감이 오른다. 그렇게 되면 다른 쪽에도 좋은 영향을 받게 된다.'

찬열이 딱 그 모습이었다.

오랜만에 올린 타점에 자신감을 찾았는지 투수의 리드에도 망설임이 없었다. 무엇보다 예전의 감각을 찾은 프레이밍이 일품이었다.

펑—!

"스트라이크! 아웃!"

또다시 삼진을 잡아내는 토마스.

공수 교대를 위해 더그아웃으로 돌아오는 두 사람을 보며 이동건이 작은 미소를 지었다.

찬열은 바로 장비를 벗고 배트를 챙겼다. 그리고 더그아웃 한편에 있는 빈 공간에 서서 연신 스윙 연습을 했다.

'첫 타석에서의 감각을 유지해야 돼. 큰 걸 노릴 필요는 없다. 간결한 스윙으로 맞추는 데 집중하자.'

연습을 하던 도중에 간간히 타격음이 들렸다.

그때마다 찬열의 시선이 그라운드로 향했다.

파울이었던 타구도 있고 안타가 나올 때도 있었다.

찬열의 타순이 돌아왔을 때.

[1사 2루 찬스! 이미 첫 타석에서 3타점 적시 2루타를 기록한 정찬열 선수에게 다시 한 번 기회가 돌아갑니다!]

현재 스코어는 3 대 0.

여전히 와이번스가 리드를 하고 있는 상황이다.

마운드에서는 토마스가 철벽같은 피칭을 이어가고 있었다.

하지만 불안한 점이 아예 없는 건 아니었다. 초반의 3득점 이후 와이번스는 이후 득점을 올리지 못했다.

타자가 나가지 못한 건 아니다. 그러나 후속타가 터지지 않아 점수가 나지 않았다.

야구의 흐름상 이런 분위기가 이어지면 역전이 빈번하게 나온다.

실제로 3점의 리드는 칼날 위를 걷는 것과 같았다. 최악의 경우 한 방이면 역전도 가능하기 때문이다.

그래서 추가 득점이 절실했다. 그 기회가 찬열에게 다시 온 것이다.

펑-!

"볼!"

강규현이 던진 초구는 볼이었다.

스트라이크존에서 아래로 떨어지는 포크볼, 괜찮은 제구였지만 찬열의 배트를 끌어내기에는 무리가 있었다.

"차앗!"

쐐액-!

전력을 다해 2구를 던졌다. 이번에는 몸 쪽을 찌르는 포심 패스트볼이었다.

기다렸다는 듯 찬열의 배트가 돌았다.

"흡!"

딱-!

배트가 밀리면서 공이 파울라인 밖으로 날아갔다.

원 볼, 원 스트라이크.

양쪽이 같은 상황, 조금 더 우위를 점하기 위해 배터리와 타자의 머리가 빠르게 회전했다.

'유인구와 정면 승부를 한 번씩 택했다. 다음 공은 뭐가

올까?'

배팅 장갑을 다시 착용하면서 찬열은 고민했다.

그런 찬열을 관찰하는 시선이 있었다.

바로 트윈스의 주전 포수 황인기였다.

'포크에는 속지 않았다. 포심에는 반응을 했지만 배트가 밀렸어. 다시 한 번 포심으로 갈까?'

배트가 밀렸다는 건 그만큼 강규현의 볼 끝이 좋다는 소리다.

연속해서 포심을 던지면 위험할 수도 있지만 반대로 상대의 허를 찌를 수도 있었다.

'포심보다는 투심이 나을 수도 있다.'

첫 타석에서 반응을 했던 구종이 투심임을 떠올리며 황인기는 사인을 냈다.

강규현도 같은 생각을 한 듯 고개를 끄덕였다.

"후우-!"

깊게 한숨을 내쉰 강규현이 2루에 있는 김상필을 눈으로 견제했다.

어차피 발이 느린 그였기에 리드폭이 길지도 않았다.

한결 마음을 놓으며 강규현이 슬라이드 스텝을 밟았다.

"흡!"

단발마의 기합 소리와 함께 그의 손에서 공이 떠났다.

쐐애애액—!

바람을 가르며 날아가던 공에 찬열의 배트가 돌았다.

딱—!

[쳤습니다! 갑니다! 어디까지?! 어디까지?! 담장을 넘어갑니다! 무려 14일 만에 나온 16호 홈런입니다! 방금 스윙 어떻게 보십니까?]

[노림수가 제대로 걸렸다고밖에 볼 수 없겠네요. 마치 투심이 날아올 것을 알고 있었다는 듯 망설임 없이 배트를 돌렸습니다.]

[이 홈런으로 정찬열 선수는 신인 포수 최다 홈런 타이기록을 세우게 됐습니다!]

"잘했다!"

짝—!

홈에서 기다리고 있던 김상필이 찬열의 엉덩이를 힘차게 때렸다. 불이 난 것처럼 아팠지만 지금은 기쁨이 더 컸다.

그는 씩 웃으며 더그아웃으로 달려가 동료들과 일일이 하이파이브를 했다.

"나이스 홈런이다!"

"이야~ 완전 멋졌다!"

"네가 최고다!"

마치 자신이 홈런을 치기라도 한 듯 동료들은 찬열의 홈런에 기뻐했다.

그간 찬열의 마음고생을 곁에서 지켜봤기 때문이다.

동료들의 격한 환영을 받은 찬열은 물 한 모금으로 목을 축이고는 곧장 장비를 착용했다.

그때였다.

딱-!

"와아아아아!"

"오오!"

"또 간다!"

경쾌한 소리가 그라운드를 울렸다. 뒤이어 관중들과 와이번스 선수단이 함성을 질렀다.

찬열도 반사적으로 몸을 일으켜 동료들이 바라보는 곳으로 시선을 옮겼다. 거기에는 담장을 훌쩍 넘어가는 타구가 보였다.

[백투백 홈런이 터졌습니다! 실투를 놓치지 않고 통타! 와이번스, 순식간에 6점 차로 점수를 벌립니다!]

이 홈런으로 더 이상 강규현은 마운드를 지키지 못했다. 결국 3과 1/3이닝 6실점을 하고 강판됐다.

다행인 점은 다음 투수로 올라온 최필호가 두 명의 타자를 돌려세우고 아웃 카운트 세 개를 잡았단 것이다.

한바탕의 폭풍이 몰아친 채 공수 교대가 이루어졌다.

* * *

승부의 추는 확실히 기울었다.

하지만 잠실 트윈스는 경기를 포기하지 않았다.

딱—!

[이형택 선수의 기습 번트! 3루로 타구를 굴리고 전력 질주 합니다! 3루수가 대시하면서 맨손으로 공을 잡아 1루에 송구합니다!]

퍽—!

"세이프!"

심판이 양팔을 좌우로 벌리며 세이프를 선언했다.

[3루수의 수비에 군더더기가 없었지만 타구가 느렸고 반대로 이형택 선수의 발은 빨랐습니다.]

[정말 기막힌 번트 안타를 만들어내는 이형택 선수입니다.]

트윈스 선수들은 마치 포스트 시즌을 방불케 할 정도로 전력을 다했다.

최근 팀 순위가 떨어지면서 하위권에서 맴돌고 있는 트윈스다. 어떻게든 분위기를 쇄신하기 위해 하나하나의 플레이에 모든 힘을 쏟아부었다.

'어떻게든 점수를 낸다!'

그런 간절한 마음이 통한 걸까?

주자를 내보낸 토마스가 흔들리면서 연달아 장타 두 개를 얻어맞았다.

"타임!"

아웃 카운트는 하나도 잡지 못한 채 2실점.

게다가 2루에 주자가 있는 위기 상황에 찬열은 타이밍 좋게 타임을 걸고 마운드를 방문했다.

[매우 적절한 타이밍에 마운드를 방문하는 정찬열 선수입니다. 오늘도 통역 없이 토마스 선수와 문제없이 대화를 나누는 모습이군요.]

[한국어로 대화를 하는 건지 영어로 대화를 하는 건지 궁금하군요.]

[와이번스 구단 측에서 말하기를 정찬열 선수는 수준 높은 영어 회화를 구사한다고 하더군요. 토마스 선수, 그리고 크리스 선수와도 별다른 어려움 없이 대화가 가능할 정도라고 합니다.]

[그거 정말 대단하군요.]

[정찬열 선수, 다시 자리로 돌아갑니다. 과연 토마스 선수가 안정을 찾았을지 기대되는군요.]

다른 사람은 모르겠지만 찬열이 확인한 마운드 위의 토마스는 매우 안정적이었다.

'하여간 불고기 엄청 좋아한다니까.'

마운드를 방문한 찬열은 토마스를 안정시키기 위해 내기를 걸었다.

이 상황을 무실점으로 막으면 불고기를 사 주겠다고 말이다.

안타를 연달아 맞은 투수에게 그런 이야기를 했다는 게 이상할 수도 있다.

하지만 그게 찬열의 스타일이었다.

투수의 긴장감을 끌어 올리기보다는 농담을 해서 릴렉스하게 만들었다. 그리고 그 효과는 아주 좋았다.

펑—!

"스트라이크!"

[묵직한 공이 낮게 깔려 들어갑니다! 방금 전까지 흔들리던 토마스 선수, 다시 제구가 잡혀 가는 느낌입니다!]

[방금 전까지는 몸이 굳어 있는 느낌이었는데 지금은 부드러워 보입니다.]

[릴렉스했다는 이야기군요?]

[맞습니다.]

딱—!

[빗맞은 타구가 내야 높게 뜹니다. 유격수, 거의 제자리에서 잡습니다. 2루 주자 움직이지 못합니다. 드디어 아웃 카운트 하나가 올라갑니다!]

이후 타자마저 삼진으로 돌려세운 토마스는 완전히 안정감을 찾았다.

"나이스 볼! 앞으로 원아웃!"

남은 아웃 카운트를 알려준 찬열은 캐처 박스에 앉았다.

그런 찬열의 얼굴에 그늘이 졌다.

잠실 트윈스의 6번 타자 전기룡이 타석에 들어섰기 때문이다.

190㎝의 당당한 키와 체격.

딱 보더라도 거포 이미지를 풍기는 타자였다.

'비록 지금은 과거의 포스를 많이 잃었지만 한때는 50개가 넘는 홈런을 때려낸 선수다.'

무엇보다 최근 타격감이 좋다는 것도 마음에 걸렸다.

홈런은 크게 줄었지만 여전히 한 방을 칠 수 있는 선수였다.

'아니야, 과거의 모습을 볼 필요는 없다. 현재가 중요해. 토마스는 트윈스의 4번과 5번 타자를 연달아 잡아냈다. 6번 타자에게 도망가는 피칭을 할 필요가 없어!'

찬열은 바깥쪽으로 앉으며 미트를 밑으로 내렸다.

'2루 견제.'

고개를 끄덕인 토마스가 2루 주자를 눈으로 견제하다 빠르게 공을 던졌다.

퍽-!

"세이프."

리드가 길었는데도 여유롭게 베이스에 돌아갔다.

하지만 찬열은 한 번의 견제로 끝내지 않았다.

다시 한 번 견제를 해서 주자의 리드를 좁혔다. '좋은 선택이다. 지금 상황에선 단타가 나와도 주자가 홈까지 들어올 수 있다. 한 발이라도 리드폭을 줄일 수 있다면 견제를 하는 게 좋아.'

실제로 두 개의 견제가 들어가자 주자의 리드폭이 좁아졌다. 투아웃에 집중 견제를 받으니 몸을 사린 것이다.

'바깥쪽 슬라이더.'

바깥쪽 공이 약한 전기룡을 상대로 초구는 슬라이더를 택했다.

고개를 끄덕인 토마스가 다시 한 번 2루 주자를 눈으로 견제하고 슬라이드 스텝을 밟았다.

그 순간.

탁-!

"고!"

주자가 달렸다.

찬열은 당황하지 않고 냉정을 유지한 채 3루 쪽으로 무게 중심을 이동했다.

포구를 하는 즉시 3루에 던진다.

리드폭을 줄인 덕분에 잡을 확률이 조금 더 높아졌다.

그때.

후웅-!

눈앞으로 검은 물체가 지나갔다.

딱-!

뒤이어 들리는 타격 소리와 함께 공이 1루수의 머리를 넘어 우익수 앞에 떨어졌다.

히트앤드런이었다.

2루 주자가 어느새 3루를 돌아 홈으로 쇄도했다. 동시에 우익수가 있는 힘껏 공을 홈으로 뿌렸다.

"흐읍!"

전진 스텝과 함께 뿌린 공이 레이저와 같이 찬열을 향해 날아왔다.

찬열은 재빨리 송구의 궤적과 타자의 위치를 확인했다.

'승부!'

상황 판단을 끝낸 찬열이 자세를 낮췄다. 그리고 하체를 단단하게 고정했다.

그런 찬열을 보며 주자는 더욱 속도를 더했다.

'들어간다!'

"흡!"

미끄러지듯 몸을 날리는 주자.

퍽-!

그리고 공을 받자마자 상체를 틀면서 하체를 낮춰 주자를 태그하려는 찬열.

좌아아아악—!

주자의 슬라이딩 덕분에 홈 플레이트 부근에 흙먼지가 일었다.

모든 관중이 쥐 죽은 듯 홈을 주시했다.

서서히 흙먼지가 가라앉고. 구심의 눈에 손을 뻗어 주자와 그런 그의 엉덩이를 태그한 찬열이 보였다.

'아웃?'

엉덩이를 태그했다면 타이밍상 아웃이다.

하지만.

구심은 다시 한 번 주자의 손을 확인했다.

그리고.

"아웃!"

[아웃입니다! 아웃! 임태곤 선수 슬라이딩을 했지만 정찬열 선수의 발에 가로막혔습니다! 완벽한 블로킹! 그리고 완벽한 레이저 송구였습니다!]

기가 막힌 수비로 아웃 카운트가 올라갔다.

딱—!

[간결한 스윙! 정찬열 선수, 좌익수 앞에 떨어지는 안타로 출루합니다. 이로써 오늘 정찬열 선수는 3타수 3안타 1홈런을 기록하게

되는군요.]

[정말 좋은 스윙이었습니다. 마치 슬럼프 이전의 강력했던 정찬열 선수의 모습으로 돌아온 듯합니다.]

해설위원의 입에서 칭찬이 나오기 시작했다.

그만큼 찬열의 타격감이 살아났다.

불과 어제까지만 하더라도 삼진을 당하던 선수가 맞나 싶을 정도였다.

[아, 그러고 보니 정찬열 선수. 이제 3루타만 기록하면 사이클링 히트를 기록하게 되는군요.]

[그렇군요. 첫 타석에 2루타, 두 번째 타석에 홈런, 그리고 지금 안타를 때렸으니까요. 아쉬운 건 네 번째 타격 기회가 돌아오지 않을 수도 있다는 겁니다.]

현재 6회 말 투아웃.

타순이 내려가 6번인 찬열이다.

5회 말 터진 김상필의 솔로 홈런으로 현재 와이번스는 7 대 2로 리드를 하고 있는 상황.

역전이나 동점이 되지 않는 이상 9회 말 타격 찬스는 없다.

그렇다면 8회에 타순이 돌아와야 된다는 소리다. 그러기 위해서는 다른 타자들의 도움이 반드시 필요했다.

다행인 점은 와이번스 타자들이 오늘 타격감이 괜찮은 편이란 점이다.

딱-!

[쳤습니다! 중견수 앞에 떨어지는 안타! 투아웃에 1, 2루 찬스를 잡는 와이번스입니다!]

찬스를 잡았지만 8번 타자가 내야 땅볼을 치며 이닝은 그대로 끝났다.

[와이번스 역시 토마스 선수를 교체하는군요. 마운드에는 최우성 선수가 올라옵니다.]

[우완 언더 핸드인 최우성 선수는 올 시즌 평균 자책점 1.30과 4홀드를 기록하며 커리어 하이 시즌을 보내고 있습니다.]

[유독 와이번스는 올 시즌 커리어 하이 시즌을 보내는 투수가 많군요?]

[사실 와이번스의 타선은 막강합니다. 테이블세터인 김대우와 이성훈, 클린업트리오인 조훈재, 김상필, 그리고 이성준 선수. 게다가 올 시즌 괴물 같은 활약을 펼치고 있는 정찬열 선수까지 있죠.]

[듣고 보니 타선의 짜임새는 정말 좋군요.]

[예, 놀라운 건 작년에도 이 타선이 거의 그대로 유지됐다는 겁니다. 포수인 박현우 선수가 정찬열 선수로 바뀌었을 뿐이죠.]

[그렇습니까?]

[그런데도 포스트시즌에 진출하지 못했던 건 투수진이 약했기 때문입니다. 이동건 감독도 그걸 간파하고 이번 시즌에 투수진에 변화를 주었습니다.]

[그게 새 얼굴이 많이 나타난 이유로군요?]

[정확합니다.]

이동건이 처음 팀에 부임했을 때.

리빌딩과 우승을 동시에 노린다고 이야기했다.

전반기만 놓고 봤을 때 그의 말은 지켜지고 있었다. 순위가 떨어졌음에도 여전히 4강 다툼을 하고 있는 상황이었다.

작년 전반기가 끝나는 시점에 6위를 기록했던 걸 감안했을 때 매우 안정적인 순위였다.

[올스타 브레이크까지 이 순위를 지킨다면 이동건 감독은 부임 첫해 매우 성공적인 스타트를 끊었다고 볼 수 있습니다.]

편파 중계에 가까운 해설을 하던 해설위원은 점수 차가 많이 벌어지자 공정한 중계로 돌아왔다.

하지만 이미 때는 늦어 인터넷에는 비난이 난무했다.

어쨌든 해설위원의 말대로 올스타전까지 이제 한 달 정도 남았다.

이동건 감독 역시 전반기를 4위 안에서 순위를 마무리하고 싶은 마음이 컸다.

'찬열이가 부활을 해서 다행이다.'

이동건은 안심을 하며 경기의 후반에 집중했다.

* * *

와이번스의 계투는 강력했다.

7회 초와 8회 초를 꽁꽁 틀어막아 단 1실점도 하지 않은 채 와이번스는 8회 말을 맞이했다.

공수 교대가 이루어지는 그 짧은 시간.

이동건은 3루 주루 코치를 불렀다. 그리고 무언가를 지시하고는 자신의 자리로 돌아갔다.

'작전이라도 내리신 건가?'

그 모습을 지켜보던 찬열은 선뜩 이해가 되지 않았다.

7 대 2의 리드를 지키고 있다.

경기의 흐름으로 봤을 때 역전이 될 가능성은 적었다.

그런 상황에서 주루 코치에게 무슨 작전을 내릴까?

머리를 굴려봤지만 답은 나오지 않았다.

'흠, 궁금하네.'

그사이 3번 타자인 조훈재가 내야 땅볼로 물러났고 김상필이 타석에 들어섰다.

딱-!

경쾌한 소리에 찬열의 고개가 돌아갔다.

타석에 있던 김상필이 느긋하게 1루에 들어가고 있었다.

"오! 초구를 바로 치네."

옆에서 들려오는 소리에 상황을 이해했다.

'초구를 바로 공략하다니, 역시 김상필 선배답네.'

이동건은 곧장 대주자로 교체를 시켰다. 추가점을 얻겠다는 생각이었다.

사실 5점 차의 리드는 야구에서 언제든지 뒤집어질 수 있는 점수였다.

최근 와이번스의 불펜이라면 그럴 가능성이 현저히 적기는 했다. 하지만 감독의 자리에 있는 이동건은 모든 상황을 염두에 둬야 했다.

김상필이 동료들의 환대를 받으며 더그아웃에 돌아왔다.

"나이스 배팅입니다!"

찬열도 자리에서 일어나 김상필을 맞이했다.

"너도 나이스 배팅해라."

김상필이 출루를 했으니 병살타가 나오지 않는 이상 찬열에게까지 기회가 온다.

그것을 떠올린 찬열이 미소를 지었다.

"예!"

야구에서 선수들에게 특별한 기록이 몇 가지 있다.

투수에게는 퍼펙트게임, 노히트노런이 있었고 타자에게는 히트 포 더 사이클, 한국에서는 사이클링 히트라 불리는 기록이 있었다.

1루타, 2루타, 3루타, 그리고 홈런까지.

타자가 만들어낼 수 있는 모든 종류의 안타를 치면 만들어지는 사이클링 히트.

장타력과 빠른 발을 가져야지만 이룰 수 있는 기록이기에 이것을 달성한 선수는 2006년 현재까지 12명밖에 없었다.

만약 오늘 찬열이 이 기록을 달성하게 된다면 역대 최연소의 기록이었다. 또한 데뷔 첫해 달성하는 최초의 선수가 된다.

메이저리그의 경우에는 신인 선수가 사이클링 히트를 기록한 경우가 몇 번 있었지만 KBO는 최초였다.

사실 이런 대기록을 눈앞에 두고 있으면 어떤 선수라도 떨린다.

의식을 못한다?

박빙의 승부가 이어진다면 그럴 수도 있다.

하지만 지금처럼 리드를 하고 있는 상황이면 개인 기록에 신경을 쓸 수밖에 없었다.

무엇보다 사이클링 히트의 기회는 쉽게 찾아오는 게 아니다.

"후우-!"

찬열은 깊게 숨을 몰아쉬었다.

마치 긴장을 한 것 같은 그의 모습에 근처에 있던 김상필이 자리에서 일어났다.

조언이라도 해줄 참이었다.

그 역시 사이클링 히트를 기록한 적은 없지만 그래도 선배의 조언은 할 수 있었다.

'응?'

김상필은 다가가려던 걸음을 멈췄다.

긴장했다고 생각했던 찬열이 웃고 있었기 때문이다.

'이 상황에 웃어?'

선뜩 이해가 되지 않았다.

사실 찬열은 지금의 순간을 즐기고 있었다.

'내가 사이클링 히트를 코앞에 두고 있다니, 참 인생 재밌다니까.'

이전의 삶에서는 사이클링 히트는 꿈도 꾸지 못했다.

매일 출전하는 것에만 신경을 쓰던 자신이었으니 당연했다.

'까짓것 사이클링 히트도 한번 노려보자!'

"찬열아! 준비해라!"

김무현의 외침에 찬열이 자리에서 일어났다.

"어? 형님, 왜 서 계세요?"

"어, 어?"

조언을 해주려다 웃는 찬열의 모습에 다가가지 못했던 김상필이 엉거주춤 물러서다 헛기침을 하며 말했다.

"크흠! 복잡하게 생각하지 말고 평소처럼 해라. 알았지?"

대충 어떤 상황인지 이해가 된 찬열이다.

그의 입가에 진한 미소가 그려졌다. 자신을 걱정해 주는 김상필의 마음이 고마웠다.

"예! 한 방 치고 오겠습니다!"

힘차게 대답하는 그의 모습에 김상필도 씩 웃었다.

"좋았어! 그거다!"

짝-!

등짝을 강하게 맞자 정신이 번쩍 들었다.

"아파요……."

"엄살은!"

가벼운 농담까지 하는 찬열의 모습에 김상필이나 다른 동료들 역시 질렸다는 표정을 지었다.

사이클링 히트를 위한 단 한 번의 기회.

그것을 앞두고 농담까지 하다니?

'어제까지만 하더라도 슬럼프에 빠졌던 선수로는 보이지 않는군.'

이동건도 고개를 절레절레 저었다.

많은 선수를 훈련시켜 왔지만 저런 녀석은 처음이었다.

그랬기에 기대가 됐다.

'어디 한번 날뛰어봐.'

그사이 아웃 카운트가 또 하나 올라갔다.

하지만 주자는 2루까지 진루할 수 있었다.

그리고 6번인 찬열이 타석으로 향했다.

[자! 드디어 정찬열 선수의 타석이 돌아왔습니다. 3루타만 기록하면 히트 포 더 사이클! 사이클링 히트를 기록하게 됩니다!]

[제가 잠시 찾아봤는데 KBO 역사상 신인 선수가 사이클링 히트를 기록한 적이 없더군요.]

[만약 오늘 달성하게 되면 새로운 역사를 쓰게 되는 거군요.]

[그렇습니다.]

역사적인 현장이 될 수도 있는 지금.

경기장을 가득 채운 관중이 일제히 찬열의 이름 석 자를 연호했다.

"정찬열! 정찬열!"

"3루타만 쳐라!"

"역사를 써!"

언제 비난을 했었냐는 듯 뜨거운 함성이었다.

어이없을 수도 있지만 찬열은 별로 신경 쓰지 않았다.

'야구 선수는 성적으로 말한다. 성적이 떨어지면 비난을 받고 성적이 올라가면 환호를 받는 게 야구 선수다.'

그는 타석에 들어섰다. 그리고 배트를 내밀어 자신의 히팅 포인트를 확인했다.

그 모습이 마치 검도에서 목검으로 상대를 겨누는 모습을 연상케 했다.

정면승부를 원하는 모습이었다. 그리고 마운드 위의 김혜성은 그런 찬열의 기대에 부응했다.

"흡!"

김혜성은 매우 빠른 템포를 가지고 공을 던졌다.

몸 쪽을 강하게 찔러 오는 공에 찬열의 배트가 돌았다.

후웅-!

퍽-!

"스트라이크!"

배트가 허공을 가르자 찬열이 의아한 표정을 지었다.

'생각보다 높게 들어오는데.'

예상과 다른 궤적에 헛스윙이 나왔다. 하지만 치지 못할 것이란 생각은 들지 않았다.

'김혜성의 주 무기는 포심과 커터 슬라이더다. 특히 커터를 조심해야 된다.'

컷 패스트볼은 칼날처럼 꺾인다고 해서 붙여진 이름이다.

슬라이더와 같은 궤적을 그리지만 구속은 더 빨랐고 꺾이는 각도는 더 적었다. 대신 슬라이더보다 홈 플레이트 더 가까운 곳에서 변화가 일어나기 때문에 정확히 판단하기 어렵다.

타자는 포심으로 판단하고 배트를 돌리기 때문에 빗맞는 경우가 많았다.

'분명 커터가 들어올 거다.'

주 무기란 건 그만큼 많이 던진다는 뜻이다.

초구부터 공격적인 피칭을 한 이상 도망치는 투구는 하지 않을 것이다.

사실 세 번째 타석부터 트윈스는 찬열과 정면 승부를 택했다. 첫 번째와 두 번째 장타를 얻어맞으며 작전이 통하지 않는다고 판단한 것이다.

그리고 이번에도 마찬가지였다.

펑-!

"볼!"

딱-!

"파울!"

틱-!

"파울!"

2구 슬라이더가 유인구로 들어오고 세 번째 다시 포심이 들어왔다. 좋은 타구가 됐지만 너무 당기는 바람에 3루 파울 라인을 벗어났다.

4구에는 노리던 커터가 들어왔지만 자신이 생각했던 궤적보다 더욱 꺾였다.

덕분에 배트 끝에 걸리면서 아슬아슬하게 파울이 됐다.

[위험했습니다! 정찬열 선수, 배트 끝에 걸리지 않았다면 삼진이 될 뻔했군요.]

[감각적으로 한 손을 놓으며 공에 배트를 맞췄어요. 어린 선수답지 않게 침착함이 돋보입니다.]

찬열은 타석에서 물러나 재정비를 했다.

'커터의 궤적은 내가 생각했던 것보다 더 멀어진다. 그것까지 계산을 해야겠어.'

생각을 끝낸 찬열이 타석에 섰다. 방금 전과 같은 스탠스임을 확인한 황인기가 빠르게 사인을 냈다.

'커터, 방금 전보다 공 한 개 정도 더 빼자.'

김혜성이 고개를 끄덕여 사인을 받았다.

교환이 끝나자 김혜성은 2루 주자를 눈으로 견제해 묶어두고 공을 뿌렸다.

"흡!"

빠르게 날아오는 공에 찬열의 왼발이 배터 박스의 안쪽을 밟았다. 덕분에 바깥으로 흘러가는 공을 노릴 수 있었다. 동시에 그의 허리가 회전했다.

빠악-!

'큭!'

하지만 자신의 예상보다 더 흘러 나가는 공이 배트 끝에 맞았다. 손에서 느껴지는 충격이 상당했다. 하지만 찬열은 포기하지 않고 배트를 밀어냈다.

"흐읏!"

빠지직-!

배트가 두 동강이 나면서 공이 날아갔다. 제대로 파워가 실리지 않았지만 코스가 매우 좋았다. 1루수의 키를 넘어 그대로 파울라인 밖으로 튕겨져 나갔다.

"달려! 달려!"

1루 주루 코치가 매섭게 손을 돌렸다.

찬열은 타구의 방향을 확인도 하지 않은 채 2루로 내달렸다.

그사이 우익수가 앞으로 달려오고 있었다. 장타를 의식해 펜스에 거의 붙다시피 해서 수비를 하고 있었기에 공을 잡는 데까지 시간이 걸렸다. 게다가 당겨 치는 타구가 많은 찬열이기에 수비 위치가 우중간에 위치해 있었다.

그로 인해 시간이 더욱 걸렸다.

하지만 찬열은 그런 상황을 모른 채 주루 플레이에 전념을 다했다.

막 2루에 도달하려는 찰나 그는 3루 주루 코치의 사인을 확인했다.

"달려! 달려!"

주루 코치가 손을 빠르게 회전하고 있었다.

달리라는 수신호를 확인한 찬열은 속도를 줄이지 않고 2루 베이스를 통과했다.

[정찬열 선수 2루를 그대로 통과! 동시에 중계가 이루어집니다!

외야까지 나가 있던 유격수, 공을 받아 그대로 3루에 던집니다!]

"슬라이딩!"

3루 주루 코치가 양손을 아래로 향하는 걸 확인한 찬열이 몸을 날렸다.

촤아아악-!

동시에 3루수가 공을 포구해 찬열의 몸을 향해 내려쳤다.

퍽-!

등을 그대로 맞았지만 찬열은 아픔보다도 판정이 우선이었다.

모든 이의 시선이 3루심에게 향했다.

"세이프!"

"와아아아아!"

"사이클링이다!"

"정찬열! 정찬열!"

[정찬열 선수! 마지막 타석에서 3루타를 기록합니다! 이로써 KBO 역사상 13번째, 그리고 최연소로 사이클링 히트를 기록한 타자가 됐습니다!]

판정을 본 찬열은 그제야 안심하며 자리에서 일어나 3루 주루 코치와 주먹을 부딪쳤다.

"잘했다!"

"와, 정말 아슬아슬했어요. 조금만 속도를 줄였어도 아웃

될 뻔했네요."

찬열의 말에 3루 주루 코치인 전영기는 공수 교대 때 이동건이 했던 말을 떠올렸다.

"웬만하면 3루까지 뛰게 하십시오."

"아슬아슬해도 말입니까?"

"조금 늦어도 상관없습니다."

감독의 말이 있었기에 전영기도 망설이지 않고 팔을 돌릴 수 있었다.

'만약 그 말이 없었다면 2루에 멈추게 했겠지.'

새삼 이동건이 대단하다는 생각을 하며 전영기는 찬열의 보호 장구를 받아줬다.

사이클링 히트 이후 찬열의 타격감은 완전히 살아났다.

3할 초반으로 떨어졌던 타율은 3할 중반까지 치솟았고 타점 역시 7경기 만에 15개가 추가됐다.

또한 홈런도 4개를 몰아치며 단독 선두인 부산 자이언츠의 박대수와 3개 차이로 좁혔다.

문제는 박대수도 최근 좋지 않던 타격감이 다시 살아나기 시작했다는 것이다.

찬열이 슬럼프에 빠지면서 경쟁자가 없어지자 박대수 역시 홈런이 19개에 머물렀다.

원래 기록이란 건 경쟁자가 있어야 서로 승부욕이 붙어 더 좋은 성적이 나오게 마련이다.

실제로 2003년 아시아 홈런 신기록을 세운 이승택은 전기룡과 함께 홈런왕 경쟁이 붙어 더욱 좋은 성적을 냈다고 밝힌 바 있었다.

전기룡 역시 비슷한 인터뷰를 했었고 말이다.

실제로 박대수는 찬열의 부활 이후 3경기에서 3개의 홈런을 몰아치며 장타력을 뽐냈다.

다른 선수들 역시 다시 장타를 터뜨리기 시작했다.

원래라면 투고타저라는 말이 나올 정도로 타자들에게는 최악의 시즌이 되었던 2006년.

찬열의 등장으로 변화하기 시작했다.

* * *

월요일.

야구 선수들에게는 꿀맛 같은 휴식이 있는 날이다.

평소 찬열은 휴식에도 구단에 나가 운동을 했다.

그게 아니라면 전력 분석팀의 자료를 가지고 다른 팀의 선수들에 대해 공부를 했다.

하지만 오늘은 아니었다.

딩동-!

[찬열이니?!]

벨을 누르자 기다렸다는 듯 익숙한 목소리가 들려왔다. 약간 들뜬 듯한 목소리에 찬열의 입가에 미소가 그려졌다.

"네."

[잠깐만 기다리렴!]

굳게 닫힌 문 너머가 소란스러워졌다.

천상 여자라는 말이 어울리는 어머니가 달리는 것일 거다.

얼마나 급하셨으면.

미소가 더욱 짙어질 수밖에 없었다.

띠리리-!

그때 문이 열리고 거친 숨을 토해내는 어머니가 보였다.

"저 왔어요."

찬열이 일부러 담담하게 이야기했다.

"그래, 어서 와라. 내 새끼."

어머니도 잔잔한 미소를 머금으면서 그를 맞이했다.

같은 인천에서 지내고 있지만 시즌이 시작된 이후 찬열은 가족들과 얼굴 보기가 힘들었다.

사실 이는 프로야구 선수들이 가지는 숙명과도 같았다.

실제로 한집에 사는 부부라고 해도 매일 얼굴을 보는 일은 불가능했다.

원정이다 뭐다 해서 집을 떠나 있는 경우가 허다했다.

따로 사는 부모님이라면?

더욱 그랬다.

실제로 찬열이 어머니의 얼굴을 보는 것도 근 3개월 만의 일이었다.

시즌 들어가기 전에 본 게 마지막이었으니 말이다.

부모님은 일부러 구장에도 찾아오지 않았다. 이제 막 프로에 입단한 아들이 혹시나 마음을 쓰지 않을까 걱정해서였다.

"우리 아들! 왜 이렇게 홀쭉해졌어?"

어머니의 말에 찬열은 황당한 표정을 지었다.

"저 몸무게 10kg이나 늘었어요."

"아냐, 엄마가 보기에는 너무 말랐어! 어서 들어와. 엄마가 맛있는 거 많이 해뒀으니까!"

아무리 몸집이 커지고 키가 컸다 해도 어머니 앞에서는 아직도 아이로 보였다.

그렇다 하더라도 키가 크고 몸무게가 불어난 자신이 홀쭉해졌다니?

게다가 맛있는 거라면 평소에도 먹고 있다.

어머니는 우렁 각시가 되어 찬열이 집에 없을 때 오셔서

냉장고에 음식을 한가득 넣어 두셨다. 집안일을 하는 건 덤이고 말이다. 덕분에 찬열은 편했지만 언제나 어머니에게 죄송한 마음을 가지고 있었다.

집 안에 들어서자 음식 냄새가 코를 찔렀다.

뒤이어 거실의 풍경이 보였다.

제사를 지낼 때나 펼치는 커다란 식탁에 음식들이 한가득 있었다.

"왔냐?"

소파에 앉아 있던 아버지가 찬열을 맞이했다.

"예, 그런데 뭘 이렇게 많이 차리셨어요?"

"손님들이 좀 올 거다."

"손님이요?"

"네 녀석 얼굴 보고 싶은 사람들이 한둘이 아니다."

찬열이 의아한 표정을 지었다.

집에 온다는 소식을 전할 때까지만 하더라도 다른 손님이 온단 이야기는 듣지 못했다.

"그건 그렇고 손에 들고 있는 건 뭐냐?"

"아, 아버지, 어머니, 선물이에요."

찬열이 들고 있던 쇼핑백을 하나씩 나눠 각각 부모님에게 건넸다.

"아이고, 뭘 이런 걸 다 사왔어? 우리 아들 맛있는 거나 사먹지."

말은 그렇게 하면서도 웃음을 숨기지 못했다.

아들이 주는 첫 선물이다.

오로지 본인의 능력으로 번 돈으로 말이다.

어떤 부모라도 기뻐할 수밖에 없는 상황이었다.

"고맙다, 잘 쓰마."

"배고플 테니까, 어서 먹자."

"손님들 오신다면서요?"

"우리 아들이 중요하지 손님들이 중요하니? 일단 먹고 다른 사람들 오면 그때 다시 차리면 된다."

어머니의 성화에 찬열이 미소를 지었다.

"예."

딩동-!

막 자리에 앉으려는 찰나.

벨소리가 들려왔다.

찬열과 부모님의 시선이 서로 교차했다.

"타이밍 참 좋네요."

"그러게 말이다."

"호호."

웃으며 어머니가 인터폰으로 걸어갔다.

예상대로 손님들이었다.

세 사람은 문으로 다가가 손님들을 맞이했다.

띠리리-!

"인천은 너무 멀…… 응? 찬열아!"

문이 열리고 들어온 사람들은 다름 아닌 친척들이었다. 가장 먼저 들어온 사람은 머리가 반쯤 벗겨진 작은아버지였다.

"작은아버지, 오랜만이에요."

"아이고, 우리 찬열이! 이제 완전히 총각 다 됐네. 키도 더 큰 거 같고 말이야!"

"오빠! 그 큰 덩치로 입구를 막고 있으면 어떻게 해요? 나도 우리 조카 좀 보자!"

뒤에서 앙칼진 목소리가 들려왔다.

그 소리에 작은아버지가 어색한 표정을 지으며 옆으로 비켜섰다.

그리고 고모가 보였다.

"찬열아~"

"고모 오셨어요?"

"자자, 다들 입구에서 서성이지 말고 들어와. 음식 다 식겠어."

혼잡한 상황을 아버지가 빠르게 정리했다.

집 안으로 들어오자 고모가 거실에 차려진 음식을 보고는 눈을 휘둥그레 떴다.

"아니, 언니! 무슨 음식을 이렇게 많이 했어요?"

"다들 드시라고 좀 넉넉하게 했어요."

"하여간 손 큰 건 알아줘야 된다니까."

고모와 어머니의 친근한 모습에 찬열의 입가에 미소가 지어졌다.

오늘 집에 찾아온 것은 작은아버지와 고모네 식구들이었다.

자식들까지 같이 왔기 때문에 모두 합쳐 8명의 손님이 찾아온 것이다.

찬열의 가족까지 합하면 11명의 대인원이 모였다.

오랜만에 집 안에 활기가 돌았다. 찬열이 독립을 한 뒤로 부모님은 허전함을 느꼈다. 그러다 보니 이렇게 활기가 도는 것이 즐거웠다.

찬열도 오랜만에 식당이 아닌 집에서 시끌벅적하게 식사를 하는 게 좋았다. 무엇보다 자신이 좋아하는 음식들로 차려진 상을 보자 마음이 따뜻해졌다.

그때 문득 느껴지는 시선에 고개를 들었다.

그런 찬열과 한 아이가 눈이 마주쳤다. 열 살쯤 된 아이를 본 찬열은 녀석의 이름을 떠올릴 수 있었다.

'이름이 분명 현성이었지?'

이름을 떠올리자 녀석에 대한 기억이 뒤를 이었다.

'분명 야구를 한다고 했었는데.'

회귀 전에는 미국에 갔기 때문에 딱 거기까지 알았다.

한 이 년까지는 비시즌에 한국에 들어오긴 했지만 그 이후에는 아예 미국에서 살았다.

자신의 앞가림도 제대로 하지 못하니 주변의 사정을 들을 여유도 없었다.

그랬기에 현성이 어떻게 성장하는지 몰랐다. 단지 초등학교 때까지는 야구를 했다는 것만 알고 있었다.

현성은 찬열이 자신을 빤히 바라보자 이내 고개를 돌렸다. 얼굴을 붉히는 게 부끄러움이 많은 듯했다.

'부끄러워하기는.'

피식 웃으며 찬열은 다시 식사에 열중했다.

* * *

식사가 끝나고 거실에 간단한 다과가 차려졌다.

오랜만에 모인 친척들은 할 말이 많았다. 처음에는 조금 어색해하던 아이들도 지금은 장난도 치면서 서로 놀기 바빴다. 작년까지만 해도 아이들과 함께 놀았던 찬열이지만 오늘은 아니었다.

"이번에 사이클링 히트 하는 거 잘 봤다! 정말 대단하더구나!"

"작은오빠, 사이클링 히트가 뭐예요?"

"넌 조카가 야구 선수인데 그것도 몰라? 우리나라에서 고작 12명…… 아니지 이제 우리 찬열이까지 해서 13명밖에 하지 못한 기록이야."

작은아버지의 나무람에 고모가 입술을 삐쭉 내밀었다. 비록 나이가 들었다고는 하지만 가족들 사이에서는 막내인 고모였다.

"아니, 그거 모를 수도 있는 거지."

"너도 아들이 이제 야구 선수인데 공부 좀 해라."

"현성이가 야구를 한다고 하셨죠?"

찬열이 묻자 고모가 눈을 반짝이며 고개를 끄덕였다.

"네가 프로에서 뛰는 모습을 보고는 갑자기 야구를 하고 싶다 하더구나. 그래서 올해부터 시키기로 했단다."

'그러고 보니 나 때문에 야구를 했다고 했었지.'

고모의 얼굴에는 걱정이 한가득이었다. 어린 시절 찬열이 얼마나 힘들게 야구를 했는지 알기 때문이다.

"제가 도울 일이 있다면 언제든지 도울게요."

"정말이니?"

"예, 참, 포지션은 아직 정해지지 않았죠?"

고모가 고개를 끄덕였다.

초등학교 때는 고정 포지션이란 게 없었다. 상황에 맞춰 여러 포지션을 경험했고 중학교에 올라가서 어느 정도 포지션이 고정이 된다. 확실하게 고정을 맡게 되는 건 고등학교가 된 뒤였지만 말이다.

"그럼 제가 올라운드 글러브 하나 선물할게요. 선물 받은 게 조금 있거든요."

프로에서 조금 유명해지니 장비가 조금씩 선물로 들어왔다. 업체에서 보내주는 것도 있었고 팬들이 주기도 했다.

"그럼 정말 고맙지!"

선수용 글러브는 비싸다. 그걸 알기에 고모가 정말 기뻐했다. 대충 현성에 대한 이야기가 마무리되자 작은아버지가 이야기했다.

"그러고 보니 이번에 올스타 후보에 뽑혔더구나?"

"예."

찬열은 올스타 투표 후보에 뽑혔다.

문제는 와이번스가 속한 동군의 포수 후보들이 만만치 않다는 점이다.

작년 골든글러브 수상자인 강기태.

차세대 국가 대표 포수라고 불리는 부산 자이언츠의 히원호가 경쟁자였다.

올스타 투표는 전 국민을 대상으로 한다.

야구팬이라면 간단하게 투표를 할 수 있기 때문에 실력보다는 인기투표라고 보면 됐다.

투표에서 뽑히지 않았다고 해서 올스타전에 나가지 못하는 건 아니다. 감독 추천이라 하여 포수는 2명이 더 올스타전에 나갈 수 있었다.

찬열은 이왕 후보가 된 거 투표로 뽑혀 올스타전에 참가하고 싶은 욕심이 있었다. 문제는 와이번스가 그렇게 인기 구단이 아니란 점이다.

반면에 라이온즈는 작년 우승팀이었고 자이언츠는 야구 열기만 놓고 보면 전국에서 제일인 도시였다.

그런 두 곳의 주전 포수들이 후보이니 만만치 않았다.

"올스타전은 꼭 가도록 하마! 아니지, 아예 우리 가족 모임을 거기서 하는 게 어떨까?"

작은아버지가 아버지를 보며 물었다.

"그것도 괜찮겠지."

"하하! 그럼 찬열아, 올스타전 티켓 좀 구해다오! 티켓값은 내가 줄게!"

"아닙니다. 그 정도는 제가 구할 수 있습니다."

"하하! 그럴래?"

가족들의 분위기는 화기애애했다. 하지만 찬열은 알고 있었다. 모든 사람이 큰아버지에 대한 이야기를 꺼내지 않고 있음을 말이다.

사실 큰아버지는 가족들과 잘 지내는 편이 아니었다. 정확히 이야기하면 이번에 사업을 확장하면서 가족들에게 많은 돈을 빌렸다. 덕분에 좋았던 사이가 틀어졌고 오늘 자리에도 초대를 받지 못했다.

어쨌든 좋은 분위기 속에 오랜만의 휴식 일이 끝나갔다.

5장

올스타전

찬열의 예상이 빗나갔다.

자신이 밀릴 것이라 생각했던 올스타전 투표이지만 전혀 반대가 됐다.

“헐, 이게 말이 돼?”

투표 종료를 삼 일 앞둔 시점.

찬열은 포수 부문 1위를 달리고 있었다.

뒤를 이어 하원호가 2위를 수성하고 있었고 작년 골든글러브 수상자 강기태는 3위였다.

투표 마감까지 3일이 남은 시점이고 표 차가 많아 역전이 될 가능성은 거의 없었다.

사실 찬열은 올 시즌 류성일과 함께 최고의 신인으로 손꼽

혔다.

임팩트만 놓고 보면 찬열이 최고였다.

게다가 신인 최초로 사이클링 히트, 전반기 홈런 순위 3위라는 성적은 야구팬에게 임팩트를 주기에 충분했다.

또한 강기태와 하원호가 타자로서 올 시즌 성적이 별로 좋지 않다는 것도 이번 투표에 영향을 미쳤다.

특히 강기태는 최악의 시즌을 보내고 있을 정도로 성적이 좋지 않았다.

그리고 삼 일 뒤.

투표가 마감이 됐고 찬열은 포수 부문 1위로 올스타전 출전이 확정됐다.

정찬열의 생애 첫 올스타전이다.

올스타로 뽑힌 찬열은 한 가지 고민에 빠졌다.

바로 홈런 레이스 때문이다.

'누구한테 배팅 볼을 던져 달라고 하지?'

야구의 꽃은 누가 뭐라 해도 홈런이다.

이를 증명하듯 야구 최고의 축제라 할 수 있는 올스타전에서도 홈런 레이스라는 번외 경기를 열었다.

찬열도 이 레이스에 참가하는 한 명이 되었다.

전반기 홈런 순위 3위에 랭크되어 있으니 당연한 일이었다.

홈런 레이스라 하면 타자의 능력이 전부라 생각할 수 있다. 하지만 실상은 아니었다. 공을 던져 주는 배팅 볼 투수의 역할이 매우 중요했다.

홈런 레이스는 예선전과 결승전으로 나뉘어 열린다.

예선전에서는 7아웃이 되는 동안 때린 홈런의 개수 중 상위 2명이 결승전에 진출한다.

결승전에서는 10아웃이 주어진다.

홈런 레이스에서의 아웃은 홈런이 아닌 모든 볼로 규정된다.

즉, 파울, 안타 등 모든 것이 아웃이 된단 소리다.

한 가지 다른 점은 공을 흘려보낼 때는 카운트가 되지 않기 때문에 여유롭게 때릴 수 있다.

홈런을 치기 위해서는 일단 코스가 중요했다.

자신이 원하는 코스에 정확히 공을 던질 수 있는 제구력이 있는 선수를 찾아야 했다.

또 한 가지.

'적절한 스피드가 동반이 되어야 하는데…….'

배팅 볼은 너무 느려도 안 되고 빨라도 안 된다.

너무 느리면 반발력이 적어 정확히 때려도 멀리 나아가지 않는다.

빠르면 타이밍을 잡기가 어려웠다. 그러니 적절한 스피드로 던질 수 있는 선수를 섭외해야 했다.

'제구력, 구속, 그리고 체력까지 겸비한 선수라면…….'

딱 한 사람이 떠올랐다.

찬열은 곧장 자리에서 일어나 그 사람을 찾아갔다.

'지금 시간이라면 웨이트 트레이닝을 하고 있을 때니까.'

트레이닝 룸에 도착하자 많은 선수가 열심히 훈련 중이었다.

찬열은 그중에서 웨이트트레이닝을 하는 곳으로 향했다.

"민혁 선배님!"

"음?"

"잠시 드릴 말씀이 있습니다."

"그래, 그렇지 않아도 잠깐 쉬려고 했다."

평소 상의가 젖을 때까지 운동을 하는 민혁이다. 그런데 지금은 이마에만 조금 땀이 맺혀 있는 수준이었다.

찬열을 위해 거짓말을 한 것이다.

그런 민혁이 민망할까 찬열은 아는 척을 하지 않고 그와 함께 휴게실로 향했다.

"스포츠 드링크로 하시겠습니까?"

"그래."

찬열은 휴게실에 설치된 자판기에서 스포츠 드링크 2개를 뽑아 테이블에 놓았다.

단숨에 드링크를 들이켠 민혁이 진중한 눈으로 찬열을 바라봤다.

"무슨 일인데 날 찾아왔어?"

"부탁드릴 게 있습니다."

"나한테?"

"홈런 레이스에서 공을 던져 줄 분이 필요합니다."

"내가 공을 던져 달라는 거군."

"예."

찬열이 생각했을 때 배팅 볼 투수로 가장 적합한 건 민혁이다.

일단 제구력이 뛰어나다.

2루 송구에서 폭투가 거의 없을 정도였다.

또한 어깨가 강해 구속도 빨랐다.

경력이 있는 만큼 그 구속을 조절할 수 있는 능력도 갖추고 있다.

찬열은 그렇게 판단을 내리고 민혁에게 부탁을 한 것이다.

하지만 그가 승낙할지는 미지수였다. 민혁은 올스타에 뽑히지 못했다.

그렇기에 올스타전이 열리는 시기에는 오랜만에 휴식을 취한다.

주전은 아니더라도 전반기 꽤 많은 경기를 출전한 민혁이다. 피로가 축적됐고 그것을 풀 기회가 온 것이다. 그런데 찬열을 위해 잠실까지 이동해야 했다.

인천에서 잠실이야 먼 거리는 아니지만 휴식을 포기하면서 움직이는 건 번거로운 일이다.

또 하나.

'가정이 있기 때문에 힘들 수도 있다.'

민혁은 결혼을 했다. 자식도 있다. 야구 선수는 가정에 충실하지 못한 가장이었다.

홈구장 근처에 가정이 있는 선수는 그나마 나은 편이다.

홈경기가 있을 때는 늦은 시간에라도 집에 돌아갈 수 있으니까.

하지만 모든 선수가 홈구장 근처에 집을 얻을 순 없다.

트레이드가 돼서 다른 지방에 가면 가정은 그대로 두고 자신만 구장 근처 원룸이나 오피스텔을 얻어 사는 선수들도 있었다.

그게 아니더라도 야구 선수는 시즌의 절반을 돌아다녀야 하기 때문에 가정에 충실할 수가 없었다.

그래서 야구 선수의 아내는 강해야 된다는 말이 있다.

혼자서 가장의 역할과 어머니의 역할을 동시에 해야 하기 때문이다.

그런 민혁이 가장의 역할을 할 수 있는 날이 올스타전 당일이다. 그런데 그 시간을 찬열은 뺏으려 하고 있었다.

하지만 대답은 의외로 빨리 들려왔다.

"조건이 있다."

"제가 들어드릴 수 있는 것이라면."

"올스타전 티켓 3장이 필요해."

3장이라는 말에 찬열은 곧장 민혁의 의도를 깨달았다.

가족이 함께 올스타전을 관람한다.

그 정도는 들어줄 수 있는 부탁이었다.

"준비하겠습니다."

"그래."

"감사합니다!"

허리를 숙이는 찬열의 모습에 민혁이 작은 미소를 지었다.

* * *

펑-! 펑-! 펑-!

잠실 구장의 하늘에 폭죽이 터졌다.

1만 7천 명에 달하는 관중이 일제히 환호를 지르며 선수단의 입장을 환영했다.

[2006 프로야구 올스타전의 화려한 막이 오릅니다! 본격적인 경기에 앞서 다양한 이벤트가 진행 중인데요. 이번에는 야구의 꽃! 홈런 레이스 예선전을 시작하도록 하겠습니다!]

리그 전체로 봤을 때 이번 시즌은 홈런 가뭄이라는 말이 절로 나올 정도로 적은 홈런이 기록됐다.

일각에서는 역대 최저 홈런이 나오는 게 아니냐는 우려도 있었다.

그랬기에 관중들은 호쾌한 한 방에 목이 말라 있었다.

홈런 레이스는 갈증을 한 번에 씻어줄 수 있는 이벤트였기에 관중들의 기대가 컸다.

하지만.

[아…… 이번 시즌 홈런 1위를 달리고 있는 박대수 선수, 홈런 1개만을 기록하며 쓸쓸하게 타석에서 물러납니다.]

[벌써 5명째 홈런 2개 이상을 기록하지 못하네요. 이런 홈런 레이스라는 말이 무색할 정도입니다.]

[관중들도 지루해하는 모습이 보이는군요.]

홈런 레이스에 홈런이 실종됐다.

이 말 같지도 않은 일이 눈앞에서 벌어지자 뜨겁게 달아올랐던 분위기가 찬물을 뒤집어쓴 듯 가라앉았다.

그때였다.

딱-!

딱-!

딱-!

딱-!

"와아아아!"

"날려라! 날려!"

연달아 홈런이 나오자 관중석의 분위기가 다시 달아올랐다.

[오~ 수원 유니콘스의 이근태 선수! 4개의 홈런을 기록하며 1위에 오릅니다!]

[거포 유형이 아닌데도 오히려 다른 거포 타자들보다 더 많은 홈런을 때려냈네요! 대단합니다!]

자신만만한 표정을 짓는 이근태의 모습을 보며 찬열이 생각을 정리했다.

'그러고 보니 올 시즌 홈런 레이스 1위를 저 선배가 했었지.'

유니콘스와 몇 번 경기를 했기 때문에 안면은 있다.

하지만 친하지는 않았다.

한 가지 확실한 건 앞으로 몇 년 동안 KBO에서 좋은 타자로 활약한다는 것이다.

"정찬열 선수, 다음 순서입니다."

"예."

스태프가 와서 순서를 확인해 주자 찬열은 자리에서 일어났다.

'지금까지 1위는 4개, 2위는 2개. 내 뒤로 2명의 선수가 더 있으니까 안전빵을 가려면 4개는 쳐야 된다는 소리인데.'

4개라고 해서 무조건 안전빵은 아니다.

뒤에 두 명이 그 이상의 홈런을 때려낼 수 있으니까.

'에잇! 치고 싶다고 해서 칠 수 있는 것도 아닌데. 이런 생각 해봐야 김칫국 마시는 거지.'

찬열은 고개를 휘휘 젓고는 정신을 집중했다.

그사이 찬열의 앞 타자가 홈런 0개를 기록하며 타석에서 물러났다.

관중석에서는 다시 찬물을 끼얹은 듯 분위기가 가라앉았다.

"정찬열 선수, 나가세요."

스태프의 안내에 고개를 끄덕인 찬열이 타석으로 들어갔다.

배팅 볼 투수인 민혁과 눈을 마주친 찬열은 깊게 숨을 내쉬었다.

'후우-! 연습 때 했던 것만큼만 하자.'

민혁과 함께 연습했던 감각을 떠올리며 찬열은 배트를 쥐었다.

[자, 연습구 3개 이후에 곧장 카운트를 시작하겠습니다. 연습구는 흘려보내도 카운트가 올라간다는 점, 주의해 주세요.]

사회자의 말에 찬열이 고개를 끄덕였다.

그러자 민혁도 마주 고개를 끄덕이고는 가볍게 공을 던졌다.

쐐액-!

딱-!

타이밍에 맞춰 배트를 돌렸다.

파워를 실었다기보다는 타이밍을 재는 타격이었다.

하지만 제대로 맞지 않았는지 내야를 굴러갔다.

민혁은 조금의 텀을 두고 2구를 던졌다.

쐐액—!

딱—!

이번에는 내야를 벗어나 외야로 떨어졌다. 하지만 이번에도 감각이 별로였다.

민혁이 마지막 3구를 던졌다.

쐐액—!

딱—!

너무 일찍 휘두른 탓에 공이 파울라인 밖으로 사라졌다.

비거리는 조금 더 늘었지만 여전히 불만족스러운 스윙이었다.

[자, 연습구는 여기까지입니다. 이제부터 본격적인 레이스를 시작해 주세요!]

촤아아악—!

연기가 피어오른 직후 예선전이 시작됐다.

* * *

찬열은 4개의 홈런을 기록하며 예선을 통과했다.

'생각보다 홈런이 잘 나오지 않네.'

아무래도 실전이다 보니 민혁과의 호흡이 조금 맞지 않았다. 그래도 후반에는 그럭저럭 장타가 많이 나왔다.

무엇보다 자신의 배팅 타이밍이 맞아 가고 있다는 게 고무적인 일이었다.

결승전은 바로 이어졌다.

두 사람 중 먼저 공을 치게 된 건 이근태였다.

그런데 이변이 일어났다.

[아~ 이근태 선수, 아웃 카운트가 9개가 될 동안 단 하나의 홈런도 기록하지 못합니다. 이렇게 0개로 끝나나요?]

때마침 배팅 볼 투수가 10구를 던졌다.

딱—!

경쾌한 소리와 함께 공이 담장을 넘었다.

[드디어 홈런이 나왔습니다! 아웃 카운트를 하나만 남긴 상황에서 나온 귀중한 홈런입니다!]

딱—!

[하지만 바로 다음 공이 내야에 높게 뜨면서 마지막 아웃 카운트가 올라갑니다. 이근태 선수, 하나의 홈런만을 기록하게 됩니다.]

초라한 성적이었다.

홈런 레이스라 결승전이라는 명성에 걸맞지 않는 기록이었다.

하지만 이미 나온 상황.

관계자들의 시선이 일제히 찬열에게 향했다.

기대를 하는 눈빛에 찬열은 부담을 느꼈다.

'후우-! 이거 압박감이 장난 아니네.'

이근태가 실패했는데 너까지 실패하면 안 된다는 무언의 압박이 느껴졌다.

긴장감을 어깨에 올린 채 찬열은 타석에 들어섰다.

'2개만 때리면 된다.'

다소 쉬울 것이란 예상을 하며 찬열이 민혁을 향해 고개를 끄덕였다.

하지만.

딱-!

딱-!

딱-!

[아…… 이게 무슨 일입니까? 마치 약속이라도 한 듯 정찬열 선수도 이근태 선수와 마찬가지로 아웃 카운트가 6개 될 동안 단 하나의 홈런도 때려내지 못하고 있습니다!]

"우우우-!"

관중석에서 야유까지 터져 나왔다.

홈런 레이스에서 홈런이 사라졌으니 당연한 수순이었다.

'왜 이러지?'

당혹스러운 건 찬열도 마찬가지였다.

도무지 홈런이 나오지 않았다.

어째서일까?

고민을 하고 있을 때, 민혁의 모습이 눈에 들어왔다.

눈이 마주치자 민혁은 곧장 어깨를 부드럽게 돌리며 힘을 빼라는 주문을 했다.

그 모습에 찬열이 급하게 손을 들었다.

"잠깐 타임이요."

"아, 예. 타임은 한 번밖에 못 씁니다."

"네."

스태프에게 타임을 요청한 민혁은 타석에서 벗어나 어깨를 풀기 시작했다.

그 뒤에는 목, 손목, 손가락 순으로 스트레칭을 했다.

'너무 급했다. 2개만 때리면 된다는 생각 때문에 오히려 힘이 들어갔어.'

게다가 주변의 기대에 부응하겠다는 마음.

가족들이 지켜본다는 생각.

마지막으로 첫 올스타에서 무언가를 보여주겠다는 욕심까지 합쳐지면서 몸에 힘이 들어갔다.

홈런을 때려내기 위해서는 몸에 힘이 들어가면 안 된다.

부드러운 스윙이 나올 때 비로소 홈런이 만들어진다.

그 사실을 떠올리며 찬열은 다시 타석에 섰다.

그리고 민혁에게 고개를 숙였다.

'감사합니다.'

자신의 실책을 일깨워 준 그에게 감사를 표한 찬열이 신호를 보냈다.

민혁은 약간의 틈을 두고 공을 던졌다.

쐐액-!

몸 쪽 조금 높은 코스로 들어오는 완벽한 공이었다.

그것을 확인한 찬열이 다리를 내딛으며 부드럽게 허리를 돌렸다.

딱-!

[간다! 간다! 간다! 호옴런! 첫 번째 홈런 드디어 나옵니다!]

찬열의 첫 번째 홈런.

하지만 그건 시작에 불과했다.

딱-!

"오오!"

딱-!

"오오오오!"

딱-!

"와아아아!"

연달아 세 개의 홈런이 더 터졌다.

[순식간에 4개의 홈런을 몰아친 정찬열 선수! 이미 우승은 확정입니다. 하지만 아직까지 아웃 카운트는 4개가 남은 상황! 과연 몇 개까지 가능할 것인가?!]

캐스터의 말이 끝나기 무섭게 민혁이 다시 공을 던졌다.

'좋은 코스!'

이미 몰아치기로 인해 감을 잡은 찬열이다.

찬열은 무게중심을 순식간에 이동시키면서 허리를 회전했다.

단단하면서도 부드러운 근육이 회전하면서 강력한 파워를 냈다. 그 파워를 그대로 배트로 이동시킨 찬열은 정확한 히팅 포인트에서 공을 때렸다.

딱-!

경쾌한 소리가 그라운드에 울렸다. 하지만 찬열은 얼떨떨한 표정을 지었다.

'느낌이 거의 없었다.'

순간적으로 공을 때리지 못한 건가? 라는 의구심이 들 정도였다. 타격 소리가 없었다면 정말 그렇게 믿었을 정도로 손에 감각이 적었다.

찬열은 고개를 들어 자신의 타구를 찾았다.

정확한 타이밍에 맞았다면 좌측 담장을 넘겼어야 될 타구였다. 하지만 어디에서도 공을 찾을 수 없었다.

'잘못 맞은 건가?'

하지만 그게 아님을 금세 알 수 있었다.

주변의 분위기가 이상했기 때문이다.

뒤이어 관중석에서 괴성에 가까운 환호가 터져 나왔다.

"우와아아아!"

"정찬열! 정찬열!"

갑작스런 콜에 찬열은 당황스런 표정을 지었다.

그때 스태프가 소리쳐 외쳤다.

"장외 홈런! 장외!"

'장외 홈런이라고?'

[이건……! 장외 홈런이 나왔습니다! 잠실 구장을 그대로 넘겨 버리는 거대한 홈런이 나왔습니다!]

잠실 구장에서 장외 홈런은 공식적으로 한차례 나왔다.

그만큼 큰 구장이기 때문에 장외 홈런이 나올 확률이 적었다. 그런데 고작 1년 차인 정찬열이 그걸 만들어 냈다는 것이다.

관중들의 환호는 당연했다.

반면 정찬열은 아직도 믿기지 않는다는 듯 자신의 손을 내려다봤다.

'하하…… 장외 홈런이라니.'

친 자신도 믿을 수 없었다.

[올스타전 홈런 레이스 우승자는 정찬열 선수입니다!]

"정찬열! 정찬열!"

아웃 카운트 10개가 될 동안 찬열은 홈런 12개를 몰아치며 당당히 1위에 올랐다.

관계자들은 찬열의 기록에 안도의 한숨을 내쉬었다.

명색이 거포들을 모아 개최하는 홈런 레이스였다.

홈런의 총합이 두 자릿수가 넘지 않았으면 그 또한 무슨 망신일까?

다행히 찬열이 두 자릿수 홈런을 때리면서 체면치레를 할 수 있었다.

팬들 역시 즐거웠는지 연이어 찬열의 이름을 연호했다.

"여보……."

그 모습을 지켜보는 찬열의 어머니 김미숙의 눈가가 촉촉해졌다. 아버지 정기홍 역시 아들이 자랑스러운 듯 뿌듯한 미소를 지었다.

"오오…… 우리 조카 녀석 출세했네!"

"오빠! 이 사람들이 다 찬열이 이름을 외치고 있어요!"

작은아버지와 고모 역시 이런 장면은 처음인 듯 두 눈이 동그래져서 말했다. 그리고 사촌들 역시 마찬가지였다.

찬열이 야구 선수라는 걸 알았지만 아직 나이가 어린데다가 야구에 큰 관심이 없어 얼마나 대단한 사람인지 몰랐다.

그런데 2만 명에 달하는 관중이 일제히 찬열의 이름을 외치자 놀라면서도 뿌듯한 마음을 가졌다.

특히 현성은 수상을 하는 찬열을 존경 어린 눈빛으로 바라봤다.

'정말 멋져.'

어린 현성의 마음에 찬열은 이미 영웅으로 자리매김했다.

* * *

수상을 한 찬열은 대기실로 돌아왔다.

그런 찬열에게 민혁과 김상필이 찾아왔다.

"장외 홈런이라니! 장외 홈런이라니!"

김상필은 특유의 오버스러운 제스처를 취하며 믿을 수 없다는 표정을 지었다.

"어떻게 잠실에서 장외 홈런을 때릴 수 있는 거냐?!"

"저도 잘 모르겠어요. 그냥 좋은 코스라 생각하고 휘둘렀거든요?"

"휘둘렀는데?"

"손에 거의 감각이 없어서 헛스윙을 한 건가? 잘못 맞은 건가? 라는 생각을 하고 있었는데."

"있었는데?"

"공이 장외로 날아갔다니까요."

찬열의 말에 두 사람의 얼굴이 진중하게 변했다.

"왜 그러세요?"

"음, 그런 이야기를 전에 들어본 적이 있어서 말이지."

찬열이 민혁을 주시했다.

"박현우 선배가 예전에 그런 적이 있었다고 하더라. 공을 때렸는데 손에 감각이 거의 없었다고. 그런데 공은 담장을 넘어갔다고 말이야. 그때 친 홈런이 제일 컸다고 하던데?"

"이 몸도 경험한 적이 있지!"

"상필 선배님도요?"

"아마 하이 클래스의 타자들은 한 번씩 경험해 보지 않았을까 싶은데?"

"하이 클래스……."

"뭐냐? 그 눈빛은?"

"예?"

"믿지 못하겠다는 눈빛인데?"

"아뇨, 절대 그렇게는……."

"아니면 뭔데?! 그 눈빛이 뭔데! 설명해 봐!"

"악악!"

상필이 찬열의 목을 잡고 헤드록을 걸었다.

워낙 파워가 좋은 그였기에 찬열은 빠르게 탭을 쳤다. 하지만 작정을 한 듯 상필은 오히려 팔에 힘을 주어 더욱 조였다.

"버르장머리 없는 놈! 이 선배도 프로 5년 차쯤 됐을 때야 쳤는데! 그걸 1년 차에 때려?! 오늘 버릇을 고쳐 주마!"

억지를 부리는 상필의 모습을 보며 민혁은 고개를 저었다.

'하지만 정말 대단하군. 이제 스물인 녀석이 벌써부터 그런 스윙을 하다니…….'

민혁은 박현우가 했던 말을 떠올렸다.

"배트에는 스윗스팟이란 곳이 있다. 그곳으로 정확히 공을 때리면 손에 때리는 맛이 없지. 하지만 타자들은 그 감각이 제대로 맞았다는 의미임을 알고 있어. 그 스윗스팟 중에서도 중심, 정확한 명칭은 없지만 그곳에 공을 때리면 정말 손에는 아무 감각이 없다. 하지만 이곳에 공이 맞으면 공은 정말 상상을 넘을 정도로 날아간다."

사실 이런 일은 야구에서만 일어나는 게 아니다.

테니스, 골프 등.

무언가를 때리는 스포츠에는 거의 비슷한 현상이 일어난다. 전문가들은 몇 가지 요소가 정확히 맞았을 때 이런 현상이 일어난다 보고 있었다.

야구를 예로 들면 완벽한 스윙, 완벽한 타이밍, 완벽한 코스, 그리고 완벽한 포인트까지.

이 모든 것이 한 번에 이루어졌을 때야 그런 타구가 나온다.
찬열은 올스타전에서 그런 타구를 날린 것이다.

* * *

딱—!
[김상필 선수 쳤습니다! 3유간으로 빠르게 날아가는 공을 유격수 김수영이 다이빙 캐치로 잡아냅니다! 빠르게 일어나 1루로 송구!]
퍽—!
"아웃!"
"아우! 제길!"
[아웃입니다! 김상필 선수의 안타를 훔쳐 내는 김수영 선수의 멋진 호수비였습니다!]
[올스타전이라는 이름에 걸맞은 수비가 나왔습니다.]
[서군의 선발인 정우성 선수가 손을 들어 고맙다는 인사를 대신하네요.]
[2회까지 무실점 무안타로 막아내고 있는 정우성 선수도 올 시즌 다승 4위다운 실력을 보여주고 있네요.]
[수준 높은 경기에 관중들의 분위기도 점점 달아오르네요.]
올스타전은 KBO 최고의 선수들이 모인 자리다.
그렇다고 하더라도 수준 높은 경기만 나오는 건 아니었다.

때로는 기대에 미치지 못하는 경기력을 보여줄 때도 있었다.

하지만 최소한 오늘은 아니었다.

투수, 수비수, 타자까지.

모든 이가 최고의 컨디션으로 최고의 경기력을 보여주고 있었다. 그런 선수들에게 팬들은 아낌없는 박수와 환호를 보내주었다. 특히 함성이 절정을 이룬 건 찬열의 타석에서였다.

"와아아아아!"

"한 방 쌔리라!"

"오빠! 여기 좀 봐줘요!"

"아웃 되라! 아웃!"

관중들의 응원이 뒤섞여 들려왔다.

찬열은 그런 팬들에게 헬멧을 벗어 허리를 숙여 인사했다.

[정찬열 선수, 예의도 바르네요!]

[하하! 정말 인기가 좋네요. 1년 차라는 게 믿기지 않는 환호입니다.]

[준비를 끝내고 타석에 들어서는 정찬열 선수, 과연 홈런 레이스 우승자의 위용을 다시 보여줄지 기대됩니다! 정우성 선수, 사인을 교환하고 초구 던집니다.]

"흡!"

쐐액-!

초구로 선택한 공은 포심 패스트볼.

몸 쪽 낮은 코스를 찌르는 완벽한 제구의 공이었다.

펑―!

바깥쪽을 예상했던 찬열의 배트는 따라 나오지 못했다.

그대로 흘려보낸 공이 정확히 존의 끝에 걸치면서 심판의 손이 올라갔다.

"스트라이크!"

[좋은 공이 들어갑니다! 역시 제구력이 뛰어난 정우성 선수! 정찬열 선수는 꼼짝도 못하는군요.]

[아~ 저런 코스에 들어오면 사실 배트를 돌리기 쉽지 않죠. 정말 기가 막힌 공이 들어갔어요.]

정우성은 미소를 지었다.

오늘은 원하는 코스에 공이 제대로 들어가고 있다.

올스타전인 게 아쉬울 지경이었다.

'정규 경기였다면 1승은 그냥 챙기는 거였는데.'

그런 자신감이 생길 정도로 오늘 손끝의 느낌이 좋았다.

하지만.

"차앗!"

쐐액―!

'이번에도 좋았어!'

공을 떠나보내는 손끝의 느낌이 이번에도 좋았다.

제대로 실밥이 긁힌 느낌이다.

문제는 정우성의 느낌만 좋은 게 아니란 점이었다.

"흡!"

후웅—!

또다시 몸 쪽을 파고드는 공에 찬열의 배트가 매섭게 돌았다.

딱—!

경쾌한 소리와 함께 날아간 공이 순식간에 좌익수의 키를 넘어 펜스에 부딪혔다.

찬열은 재빨리 1루를 돌아 안전하게 2루에 도착했다.

[벼락같은 스윙! 홈런왕 정찬열 선수, 동군의 첫 번째 안타를 기록합니다!]

'음, 조금 타이밍이 빨랐어.'

보호 장구를 벗는 찬열은 방금 전 스윙에 아쉬움을 가졌다.

다른 사람이 알면 어이가 없을 것이다.

하지만 찬열의 기준은 장외 홈런을 날렸을 그 순간을 잡고 있었다.

'확실히 그런 타구는 쉽게 나오는 게 아닌 거 같아.'

그 뒤로도 찬열은 몇 번 더 그때의 타구를 날리기 위해 노력했다.

하지만 번번이 실패했다. 그럼에도 불구하고 3타수 3안타 2루타 1개 홈런 1개를 기록했다. 타점은 3개를 기록하며 올스타전의 히어로, 미스터 올스타로 뽑히게 됐다.

* * *

올스타전이 열리던 시각

문학 구장에서는 이동건 감독과 코치들이 회의를 진행하고 있었다.

“전반기 모두 수고하셨습니다. 덕분에 2위에 오를 수 있었습니다.”

“선수들이 잘해준 거죠.”

선수들에게 공을 돌리는 코치들을 보며 이동건은 만족스런 미소를 지었다.

“그럼 지금부터 후반기에 대한 회의를 진행하도록 하겠습니다.”

프로야구의 시즌은 올스타전을 기점으로 전반기와 후반기로 나뉜다. 전반기도 중요하지만 더 중요한 게 후반기다. 특히 후반기에서도 여름인 8월은 후반기 전체를 가늠할 수 있는 시기였다.

더위는 사람을 지치게 만든다. 특히 야외에서 하는 스포츠인 야구는 더했다. 밤이 되더라도 열대야가 사라지지 않기 때문에 선수들의 체력은 빠르게 소진된다.

이때 체력이 많이 소진이 되면 시즌 후반까지 버틸 수 없게 된다. 그랬기에 코칭스태프는 선수단을 어떻게 운영할지 미리 가이드라인을 세워야 했다.

"투수진은 로테이션을 빠르게 가져가고 너무 많은 투구수는 자제시켜야 됩니다. 올 시즌 불펜에 있는 애들이 잘해주고 있지만 풀타임을 경험하는 선수가 많기 때문에 여름에는 체력 분배를 못할 수도 있습니다."

"교체를 빠르게 가져가는 쪽으로 하고 불펜에서도 급한 상황이 아니면 너무 많은 연습구는 자중시키도록 하세요."

"예, 알겠습니다."

"다음은 포수입니다. 현재 찬열이가 잘해 주고 있습니다만 역시 여름이 되면 어떻게 될지 모릅니다. 민혁이가 뒤를 받쳐 주고 있지만 역시 공격력에서 문제를 보이고 있습니다."

박민혁은 찬열과의 교류로 수비적인 측면이 많이 보충이 됐다. 특히 프레이밍의 수준이 많이 올라오면서 성공률 역시 높아졌다.

어깨야 워낙 타고났으니 말할 것도 없었고 말이다. 하지만 역시나 약점인 타격이 문제였다.

박민혁은 대부분 찬열과 교체가 되기 때문에 클린업트리오에 배치가 되는 경우가 많았다. 그러다 보니 타점 기회가 많이 왔는데 그 기회를 살리지 못했다.

자연스레 박민혁이 교체된 시점부터의 타점이 많이 떨어졌다.

“게다가 2군에 있는 박현우도 슬슬 콜업을 해야 될 때가 왔습니다.”

박현우의 부상은 이미 완치가 됐다.

6월 2군에서 조정 기간을 거친 후 7월부터 제대로 경기에 나서고 있었다. 현재 박현우의 성적은 타율 4할 8푼 3리, 27타점, 홈런 8개를 기록했다.

2군이라고는 하지만 장타력과 정확한 타격이 이루어진다는 걸 알 수 있었다. 그런 선수를 더 이상 2군에 둘 이유가 없었다.

“박민혁을 내리고 박현우를 올려야 된다고 생각합니다.”

최호성이 결단을 내린 목소리로 말했다.

누군가를 2군에 내리는 건 코칭스태프의 입장에서도 유쾌한 일이 아니었다. 아니, 그들 역시 선수였기에 2군행이 얼마나 마음 아픈지 알고 있었다. 그럼에도 불구하고 해야 했다. 선수 개인이 아닌 팀을 위해서 말이다.

실제로 찬열이 주전 포수의 자리에 앉으면서 작년 1군에서 백업 포수로 간간히 모습을 비추던 장태길이 2군에 내려갔다. 누군가 1군에서 자리를 잡으면 누군가는 2군으로 내려가야 한다.

그게 바로 프로야구였다.

눈을 감고 고민하던 이동건이 이내 결단을 내렸다.

"그렇게 하도록 하지."

코치들이 무겁게 고개를 끄덕였다.

"다음은……."

박민혁의 2군행이 결정지어진 회의는 밤늦게까지 이어졌다.

6장

시즌 후반기

띠리리-!

집에서 휴식을 취하고 있던 찬열은 울리는 핸드폰을 바라봤다.

상대방의 이름을 확인한 찬열이 바로 전화를 받았다.

"민혁 선배!"

[그래, 쉬고 있었냐?]

"예, 누워 있었습니다. 무슨 일이세요?"

[간단히 용건만 말하마. 나 2군으로 강등됐다.]

"예?!"

[현우 선배가 올라온다는군.]

찬열은 아무런 대답도 하지 못했다.

자신도 경험했기에 강등이 어떤 기분인지 알고 있었다.

[아마 올해는 올라오지 못할 거다. 아니, 어쩌면 트레이드가 될 수도 있지.]

"그러지 않을 겁니다."

[나이 서른이다. 아픈 데도 없는데 2군에 내려간다는 건 이 팀에 내가 있을 자리가 없다는 소리야.]

"하지만……."

[이게 프로니까 괜찮다. 오히려 다른 팀에 가면 기회가 더 생길 수도 있지.]

박민혁의 말은 틀리지 않았다.

타격이 나쁘다고는 해도 포수로서 봤을 때 박민혁은 매력적인 카드였다. 2군에서 썩기에는 아까운 재목이었다.

[내가 너한테 전화한 건 다른 게 아니라 네 탓이 아니라는 걸 말해주기 위해서다.]

"선배님."

[직접 얼굴을 보고 말해주고 싶었지만 기회가 없을 거 같아 전화로 대신한다. 난 널 만나서 포수로서 내 자신을 더 발전시킬 수 있었다. 그러니까 너무 마음 쓰지 마.]

"선배님."

[응?]

"다음에 소주 한잔 사겠습니다."

[하하!]

갑자기 수화기 너머에서 웃음소리가 들려왔다.

예상하지 못한 답변이었기 때문이다.

미안하다고 죄송하다는 말이 먼저 나올 줄 알았는데 소주를 사겠다니.

[넌 정말 예상할 수 없는 녀석이야. 작년까지 고딩이었던 건 맞냐?]

"제가 원래 얼굴이 좀 성숙하잖습니까."

[그렇긴 하지. 그럼 다른 선배님들한테도 전화를 해야 되니까 이만 끊자.]

"예! 선배님."

전화를 끊은 찬열은 자리에서 일어났다. 그리고 베란다로 나가 창밖의 풍경을 눈에 담았다.

마음은 아프다.

신경도 쓰인다.

하지만 찬열은 알고 있었다.

냉정한 세계, 그게 바로 프로의 세계다.

전반기가 끝나고 여름이 되면 어느 정도 순위에 대한 윤곽이 나온다.

현재 페넌트레이스 1위를 달리고 있는 건 작년 시즌 페넌

트레이스, 한국 시리즈 우승팀인 대구 라이온즈였다.

2위는 괴물 타자 정찬열을 보유한 인천 와이번스.

3위는 괴물 투수 류성일이 활약하고 있는 대전 이글스.

4위는 홈런 1위의 박대수의 부산 자이언츠였다.

그 밑으로 광주 타이거즈, 서울 베어스, 수원 유니콘스, 잠실 트윈스의 순서였다. 문제는 1위 라이온즈와 8위 트윈스의 승차가 여유롭지 않다는 점이다.

고작해야 7경기.

앞으로 남은 경기가 60경기 이상이니 충분히 줄일 수 있는 승차였다.

그랬기에 후반기가 치열해질 것임을 모든 이가 알고 있었다.

각 팀은 여름을 대비해서 선수단의 인원을 보충했다.

전반기에 두각을 나타내지 못한 선수를 내리거나 갑작스런 빈자리를 메우기 위해 올라왔던 선수들을 내렸다.

와이번스 역시 마찬가지였다.

민혁이 내려가고 박현우가 올라왔다.

최고참인 박현우가 돌아오자 선수단의 분위기가 확 올라갔다.

"선배님! 고생 많으셨습니다!"

찬열 역시 박현우의 복귀를 진심으로 축하했다.

자신에게 많은 걸 가르쳐 준 박현우다.

경쟁자이기 이전에 동업자고 스승이라고 할 수 있는 사람이었다. 그 역시 찬열의 진심을 알았는지 미소를 머금었다.

"그래! 고맙다."

선수단과 인사를 나누던 박현우는 이동건의 부름을 받고 감독실로 향했다.

"인사 나누느라 바쁜데 불러서 미안하군."

이동건의 사과에 박현우가 고개를 저었다.

"아닙니다. 대충 인사는 마무리했습니다. 그런데 무슨 일로 부르셨습니까?"

사적인 자리가 아니기에 두 사람은 존댓말을 했다.

이동건은 두 사람을 번갈아 보고는 이내 입을 열었다.

"후반기 현우, 너의 기용에 대해서 이야기 좀 하기 위해 불렀다."

"음……."

박현우의 얼굴이 신중해졌다.

* * *

그날 저녁.

와이번스는 문학 구장에서 수원 유니콘스를 맞아 후반기 첫 경기를 시작했다.

선발투수는 윤정길, 그와 호흡을 맞추는 건 정찬열이었다.

박현우가 복귀를 하긴 했지만 상승세인 찬열을 굳이 엔트리에서 변경할 이유가 없었다.

“플레이볼!”

심판의 콜과 함께 경기가 시작됐다.

선공은 원정팀인 유니콘스.

찬열은 캐처 박스에 앉아 빠르게 사인을 보냈다.

‘포심 패스트볼, 낮은 코스 바깥쪽.’

첫 타자인 전영기는 발이 빠르고 야구 센스가 좋다.

‘올 시즌 초구를 노리는 확률이 높다. 하지만 초구부터 볼을 주면 윤정길 선배는 자존심이 상한다.’

포수의 볼 배합은 여러 가지 경우를 생각해야 했다.

타자와의 상성, 좋아하는 코스, 구종, 최근의 컨디션까지. 그리고 마운드 위의 투수 역시 신경 써야 했다.

겉은 화려한 투수지만 실상은 매우 예민한 생명체다.

일반인이 생각했을 때 이해되지 않는 작은 일에도 밸런스가 한순간에 무너질 수 있는 게 투수다.

그랬기에 찬열은 윤정길에 맞춰 초구를 결정했다.

사인을 받아들인 윤정길이 투수판을 밟았다. 그리고 와인드업과 함께 공을 뿌렸다.

펑—!

"스트라이크!"

전영기가 공이 들어간 코스를 확인하고는 이해할 수 없다는 듯 고개를 한쪽으로 기울였다.

'타자의 입장에서는 멀어 보이는 완벽한 코스였다.'

더그아웃에서 경기를 지켜보는 박현우는 자신이 리드를 한다면 초구에 무엇을 던지게 할까? 라는 고민을 했다.

'나라도 같은 선택을 했겠지.'

박현우도 경기 전 배터리 회의에 참가했다. 그리고 그들의 회의를 지켜보면서 오늘 경기에 대한 정보를 받았다.

그 정보를 토대로 리드를 한다면 같은 결과가 나올 것이다.

'무엇보다 투수를 생각하는 리드가 좋았다.'

윤정길의 성격을 누구보다 잘 아는 박현우다. 그랬기에 찬열의 선택에 절로 미소가 그려졌다.

이후에도 찬열의 리드는 완벽했다.

변화구와 직구, 몸 쪽 바깥쪽, 높게 낮게.

모든 코스를 이용해서 윤정길의 공을 유도했다.

그 결과 6회가 끝날 때까지 단 1안타만 맞으면 유니콘스의 강타선을 막아냈다.

마운드는 완벽했지만 이동건 감독의 얼굴은 밝지 못했다.

'공격이 잘 안 풀리는군.'

윤정길의 공이 좋은 만큼 유니콘스의 선발투수 캘빈의 공도 무척 좋았다.

그리고 또 하나.

'주자는 나가지만 후속타가 터지지 않아.'

6회 말까지 터진 안타의 개수는 5개.

점수가 나지 않은 게 오히려 이상한 상황이었다.

하지만 병살타와 범타가 연달아 나오면서 주자를 불러들이지 못했다.

또한 결정력이 강한 김상필이나 정찬열이 선두 타자로 나가면서 해결사를 할 기회조차 얻지 못한다는 것이다.

두 사람이 각각 멀티 히트를 기록한 것과 달리 다른 선수들은 모두 범타로 물러났다. 그나마 이성준이 안타 한 개를 때려낸 게 전부였다.

'분위기를 바꿔야겠군.'

7회.

이동건 감독은 선발 윤정길을 내렸다.

오늘 내용은 좋았지만 투구수가 104개로 이미 한계에 달한 상황이다.

곧장 불펜을 가동해 필승조 중 한 명인 필승조 이주호를 마운드에 올렸다.

[이주호 선수는 올 시즌 제대로 자리매김한 선수죠?]

[예, 작년 시즌에는 주로 추격조로 출전을 했었는데요. 그것도 고

작 10경기에만 출전을 하면서 제대로 자리를 잡지 못했습니다. 하지만 올 시즌에는 이동건 감독의 전폭적인 지지 아래 벌써 30경기에 출전했습니다.]

[이주호 선수를 올렸다는 건 이번 이닝을 확실히 막고 다음 공격에 어떻게든 점수를 내겠다는 생각으로 보입니다. 과연 이주호 선수가 감독의 기대에 부응해 줄지 궁금합니다.]

찬열 역시 이동건 감독의 생각을 알고 있었다.

그랬기에 이주호를 어떻게 리드할지 평소보다 신중하게 고민했다.

'불펜에서 슬라이더가 좋다고 했었지.'

또한 마운드에 올라 연습 투구를 할 때 역시 슬라이더의 각도가 컸다.

'초구, 몸 쪽 파고드는 슬라이더.'

사인을 내자 이주호가 고개를 끄덕였다.

그 역시 찬열의 리드를 믿고 있었다.

실제로 이번 시즌 찬열의 리드를 따라 실패한 적이 거의 없었다.

자신에게 믿음을 준 찬열이였기에 거부할 이유가 없었다.

"흡!"

[초구 던집니다!]

기합 소리와 함께 날아간 공이 스트라이크존으로 들어오

다 몸 쪽으로 휘어 들어갔다.

좌타자의 입장에서는 칠 수 없는 코스나 마찬가지.

하지만 이미 배트가 돌아버렸기에 멈추는 건 불가능했다.

후웅-!

퍽-!

"스트라이크!"

초구부터 생각대로 돌아갔다.

"나이스! 나이스!"

찬열의 입가에 미소가 그려졌다.

* * *

와이번스의 경기가 한창 이어지고 있을 때.

대전 구장에서도 강천 이글스와 광주 타이거즈와의 대결이 이어지고 있었다.

[9회 초, 이글스의 마운드에는 여전히 괴물 류성일이 지키고 있습니다. 8회까지 완벽한 모습을 보여주었지만 9회 연속 안타를 맞으며 위기에 빠집니다.]

[아무래도 투수의 경우 100구가 넘으면 악력이 떨어지면서 공에 스핀이 제대로 걸리지 않습니다. 그러다 보니 실투가 나오고 눈에 익은 타자들이 칠 수 있는 거죠.]

[그렇군요. 위기에 빠진 류성일 선수, 하지만 이글스 더그아웃에서는 아직 움직임이 없군요.]

[점수 차가 4점이나 나기 때문에 아직 여유는 있습니다. 하지만 불펜에서는 마무리 구형근 선수가 몸을 풀고 있습니다.]

딱—!

[쳤습니다! 라인드라이브로 날아간 공을 유격수가 점프 캐치! 그대로 2루에 송구, 세이프! 귀루가 빨랐습니다.]

[정말 멋진 수비! 정말 멋진 주루플레이가 연달아 나왔습니다. 공이 빠졌으면 2루 주자는 무조건 들어오고 무사에 1, 3루 혹은 2, 3루가 될 수 있는 상황이었습니다.]

[정말 실점과 투수의 어깨를 가볍게 해주는 수비였습니다.]

류성일은 안도의 한숨을 내쉬었다. 그러면서 방금 전 공을 던지는 순간을 떠올렸다.

'손끝에 차이는 느낌이 별로다.'

투수는 공을 던지는 순간, 그 공의 컨디션에 대해 알 수 있다. 그리고 방금 전 공은 오늘 던졌던 것들 중에 최악이었다.

'포심은 안 되겠어.'

악력이 많이 떨어졌다.

기본인 포심조차 던지는 게 어려워졌다.

'한번에 끝낸다.'

비밀 병기를 꺼낼 때가 온 것이다.

[지금까지 류성일 선수는 총 107개의 공을 던졌는데요. 그중에 포심 패스트볼이 57개, 커브가 30개, 슬라이더가 15개였고 투심이 5개였습니다.]

오늘 류성일이 던진 구종에 대해서는 타이거즈 타자들의 뇌리에도 새겨져 있었다. 그래서 기본적으로 포심을 노리고 타석에 섰다.

'커브로 가서 더블플레이를 노리자.'

박종식의 사인에 류성일의 고개가 좌우로 움직였다.

'이걸로 가겠습니다.'

그러고는 손가락 세 개를 펼쳐 자신의 팔뚝에 올렸다.

그것을 본 박종식이 다시 한 번 확인했다.

'정말이냐?'

류성일이 고개를 끄덕이자 박종식도 깊은 숨을 몰아쉬었다.

'하고 싶다는데…….'

최악의 경우 홈런을 맞아도 1점 리드다.

이런 상황에 투수의 기를 꺾을 이유는 없었다.

박종식이 허락하자 류성일이 자세를 잡았다.

정면에 보이는 1루 주자와 2루 주자를 고개를 돌려 견제를 하고는 빠르게 슬라이드 스텝을 밟았다.

부드러운 폼에서 나간 팔이 채찍처럼 휘둘러졌다.

"하앗-!"

기합 소리와 함께 그의 손에서 떠난 공이 포심 패스트볼의 궤적을 그리며 날아갔다.

'걸렸……!'

포심을 노렸던 타자가 배트를 돌렸다.

하지만 아무리 기다려도 공이 오지 않았다.

'체인지업!'

그때가 되어서야 자신의 실책을 떠올렸다.

어떻게든 배트의 스피드를 더 끌어 올리려 노력했다.

만약 배트에 공이 걸리기라도 하면 더블플레이가 나올 확률이 농후했기 때문이다.

하지만 타자의 마음과는 달리 공이 밑으로 떨어지면서 배트의 끝에 걸렸다.

틱-!

어설프게 맞은 공이 원 바운드 되고 빠르게 유격수에게 굴러갔다.

유격수는 가볍게 공을 잡아 2루에 던졌고 2루수는 그대로 1루에 던졌다.

"아웃!"

[더블플레이! 타이거즈 최악의 결과가 나왔습니다. 반면 류성일 선수는 마지막 순간에 오늘 처음 던지는 체인지업으로 아웃 카운트 두 개를 동시에 올립니다! 이로써 12승! 다승 단독 선두로 나섭니다!]

* * *

“대전 구장의 경기가 끝났습니다. 이글스가 이겼다는군요.”

“음.”

“류성일이 완봉승을 챙겼다고 합니다.”

“대단한 녀석이군.”

최호성의 보고에 이동건이 혀를 내둘렀다.

이제 고작 20살인 녀석이 벌써 12승을 챙겼으니 놀랄 일이었다. 그리고 그 이야기를 들은 또 한 사람.

‘성일이 녀석, 대단한데?’

찬열의 입가에 작은 미소가 그려졌다.

‘녀석이 승리를 챙겼다면…….’

현재 류성일과 찬열은 신인왕을 놓고 싸우는 중이다.

시즌 MVP야 다른 후보도 많은 상황이었지만 신인왕은 이미 두 사람으로 좁혀진 상황.

신인왕은 다른 리그로 가지 않는 이상 1번밖에 탈 수 없는 상이었다.

그러다 보니 찬열이나 류성일 두 사람 모두 탐내고 있었다.

‘어디 나도 한번 해볼까.’

오늘의 타격감은 좋았다.

아니, 올스타전 홈런 레이스 이후 타격감이 나빠진 적이 없었다.

오늘도 장타와 안타를 뽑아낸 게 그 증거였다.

딱—!

[김상필 안타! 오늘 경기 정찬열 선수 앞에 두 번째로 주자가 나갑니다!]

[첫 번째는 단타가 나오는 바람에 1, 2루가 됐었는데요. 과연 여기서는 어떤 모습이 나올지 기대됩니다.]

[김상필 선수 더그아웃으로 들어가고 대주자 이호영 선수가 나옵니다.]

[작전이 걸리면 단타에도 홈까지 파고들 수 있는 빠른 발을 가진 선수죠.]

[그리고 타석에는 오늘 2타수 2안타를 기록한 정찬열 선수 들어옵니다.]

'자, 와라!'

타석에 선 찬열은 자신감이 넘치는 표정으로 투수를 노려봤다.

하지만.

"우우우—!"

갑작스런 야유 소리에 찬열이 의아한 표정을 지었다.

그때 투수가 공을 던졌다.

매가리 없는 공이 홈 플레이트를 한참이나 벗어난 곳으로 날아갔다.

퍽—!

"볼."

'고의사구?!'

찬열의 얼굴에 황당함이 나타났다.

[아~ 유니콘스 고의사구를 선택합니다.]

[확실히 오늘 타격감이 좋은 정찬열 선수보다는 6번 타자인 이성준 선수와 상대하는 게 더 나을 수도 있습니다. 아웃 카운트도 2개가 올라가 있으니까요.]

퍽—!

"볼!"

[결국 볼넷입니다. 정찬열 선수, 1루에 걸어 나갑니다.]

'제길…….'

찬열은 자신이 해결하지 못했다는 아쉬움을 느꼈다.

하지만 뒤에 있는 이성준이 반드시 해결해 줄 것이라 기대하며 더그아웃 쪽을 바라봤다.

그러나.

'어?'

[여기서 대타입니다. 이성준 선수를 빼고 오늘 엔트리에 등록된 박현우 선수를 내보냅니다!]

대타 박현우의 등장이었다.

[올 시즌 처음으로 1군에 모습을 드러내는 박현우 선수, 선발이 아닌 대타로 나오는 건 오랜만이네요?]

[그렇습니다. 아무래도 정찬열 선수의 페이스가 좋다 보니 굳이 엔트리를 변경할 이유가 없습니다. 또한 박현우 선수가 2군에서 컨디션 조절을 했다지만 1군에 적응할 필요도 있으니 당분간 대타로 기용되지 않을까 생각됩니다.]

"박현우! 박현우! 박현우!"

"캡틴! 캡틴! 캡틴!"

박현우의 이름과 별명인 캡틴이 문학 구장을 흔들기 시작했다.

[역시 대단한 인기입니다!]

[박현우 선수는 성적도 이미 레전드급이지만 인기만 놓고 보더라도 KBO에서 손에 꼽을 정도로 대단한 선수죠!]

박현우는 타석에 들어서기 전 관중석을 하나하나 쳐다봤다.

'돌아왔다.'

박현우의 입가에 미소가 그려졌다.

그는 걸음을 옮겨 타석에 들어섰다. 그리고 배트를 들어 특유의 루틴을 선보였다.

그리고 자세를 취하는 순간.

"플레이볼!"

심판의 콜과 함께 떠들썩하던 경기장에 정적이 흘렀다.

"후우-!"

마운드 위의 투수가 깊은 한숨과 함께 주자들을 견제하고는 슬라이드 스텝을 밟았다.

"흡!"

펑-!

"스트라이크!"

펑-!

"볼!"

딱-!

"파울!"

[순식간에 볼카운트는 투 스트라이크 원 볼이 됐습니다.]

[전체적으로 배트가 밀리는 모습이네요. 스윙 스피드가 조금 떨어진 느낌입니다.]

2군 투수들의 구속은 1군보다 느렸다.

또한 구위 역시 차이가 있다.

아무리 2군에서 잘 치던 박현우지만 1군에 막 복귀한 시점에서는 밀릴 수밖에 없었다.

[이동건 감독이 너무 타이트한 시점에 박현우를 올린 게 아닌가 싶습니다.]

본래 2군에 오래 있던 선수는 1군에 복귀를 할 때 타이트한 상황이 아닌 여유로운 경우에 올라오는 게 많았다.

1군에 적응할 시간을 주는 것이다.

'그럼에도 날 올렸다는 건…….'

타석에서 물러나 장갑을 고쳐 끼던 박현우가 차분한 얼굴로 타석에 들어섰다.

'스윙이 느리다. 변화구는 필요 없어. 오로지 포심으로 가자.'

배터리가 사인을 교환했다.

또다시 포심이었지만 앞의 상황이 있기에 불안한 마음은 없었다.

투수는 자신감을 가지고 투수판을 밟았다.

"차앗!"

쐐액-!

힘차게 던진 공이 빠르게 날아갔다.

그 순간 박현우의 스윙이 간결하게 나왔다.

큰 궤적을 그리는 것이 아니라 거의 일직선으로, 마치 검을 휘두르는 듯한 궤적을 그리며 나온 배트가 가볍게 공을 타격했다.

딱-!

경쾌한 소리에 2루 주자가 타구를 확인했다.

'안타!'

그렇게 판단한 이호영이 빠르게 스타트를 걸었다.

찬열 역시 2루에 도착해 상황을 지켜봤다.

'홈으로? 아니면 나한테?'

중견수 앞에 떨어진 타구, 중견수는 곧바로 공을 잡아 홈으로 송구를 했다.

'높다!'

송구가 중간에 커트되기에는 높다는 걸 간파한 찬열이 곧장 3루로 내달렸다.

그사이 이호영이 홈으로 슬라이딩을 했다.

좌아아악-!

"세이프!"

공이 도착하기 전에 이미 이호영의 손이 홈 플레이트에 닿았다.

포수도 그것을 깨닫고 조금 더 앞으로 나가 포구하고는 곧장 3루로 송구했다.

좌아아악-!

찬열이 헤드 퍼스트 슬라이딩으로 있는 힘껏 손을 뻗었다.

퍽-!

그런 찬열의 등으로 글러브가 내려쳐졌다.

모든 이의 시선이 3루심에게 향했다.

"세이프!"

"2루! 2루!"

그때 다른 수비수가 외치는 소리에 3루수는 다급히 2루를 바라봤다. 하지만 이미 박현우는 서서 루에 들어가 있는 상황.

[중견수 앞에 떨어지는 안타에 2루 주자 이호영 선수는 홈인! 그리고 2사에 2, 3루!]

[정말 짧은 순간이지만 좋은 플레이가 연달아 나왔습니다.]

[좋은 플레이요?]

[예, 일단 박현우 선수가 장타를 포기하고 스윙은 작게 하면서 맞추는데 주력했습니다. 그래서 타이밍이 늦던 게 맞으면서 안타로 이어졌죠.]

[그러고 보니 앞의 스윙과는 확실히 다르군요.]

[네, 그 뒤 주자들의 상황 판단이 빨랐습니다. 2루 주자 이호영 선수는 타구가 안타가 될 것 같자 곧장 홈으로 내달렸습니다. 3루 주루 코치의 빠른 판단과 사인으로 뒤를 확인도 안 했죠.]

[정말 한 번도 뒤를 보지 않네요.]

[정찬열 선수도 2루에 도착한 뒤에 중견수의 송구가 높은 걸 보고는 3루로 달렸습니다.]

[말씀을 듣고 보니 주자들도 순간적으로 파악을 잘했군요.]

[야구는 한순간에도 수많은 플레이가 나오는 경기입니다. 야구를 팀 스포츠라고 부르는 이유 중에 하나죠.]

[그렇군요. 과연 기회를 잡은 와이번스, 여기서 더 달아날 수 있을 것인지! 아니면 유니콘스가 와이번스를 붙잡을지 기대가 됩니다!]

* * *

[돌아온 캡틴, 박현우가 복귀전에서 중요한 시점에 결승 타점을 때려내며 존재감을 드러냈습니다. 대전에서는 괴물 투수 류성일이 완봉으로 12승을 따내며 다승 단독 1위에 올라섰습니다. 부산에서도 토종 거포 박대수가 홈런을 추가하며 홈런왕을 향해 한 발 더 전진을 했습니다.]

* * *

복귀전 이후 박현우는 주로 조커 혹은 경기 후반에 마스크를 쓰고 경기에 나섰다. 경기 수가 조금씩 쌓이면서 컨디션이 정상적으로 돌아오자 이동건은 지명타자의 자리에 박현우를 사용했다.

다소 의외의 선택이었다. 대부분의 전문가는 박현우가 돌아오면 비등한 기회를 받으며 찬열과 경쟁 구도를 형성할 것으로 봤다.

찬열이 아무리 좋은 활약을 펼치더라도 박현우가 그동안 와이번스에서 해온 부분이 있기에 그걸 무시할 수 없다는 게 그들의 주장이었다. 하지만 이동건은 박현우에게 마스크가 아닌 방망이만 주었다.

결과적으로는 그게 맞는 선택이었다. 김상필, 정찬열, 이성준, 그리고 박현우까지. 클린업트리오를 넘어서 클린업 콰르텟이 되면서 상대팀에게는 공포의 타선이 만들어졌다.

무엇보다 와이번스는 지명타자에 마땅히 쓸 자원이 없었는데 박현우가 들어가면서 모든 타선과 자원을 짜임새 있게 사용할 수 있게 됐다.

그렇게 와이번스는 서서히 완성형 타선을 만들어갔다.

＊＊＊

"현우 선배!"

"응?"

훈련이 끝나고 휴게실에 쉬던 박현우를 찬열이 찾았다.

"선배, 오늘 상대팀 타선에 대해서 궁금한 게 있어서요."

"응, 뭔데?"

찬열은 최근 상대 타선에 대해 박현우와 상의를 많이 하는 편이었다.

대부분 이런 일들은 코치와 한다고 생각을 한다.

하지만 의외로 코치는 하는 일이 바빠 훈련 시간 이외에는 따로 시간을 내기가 힘들었다.

또한 직접 타자의 지척에서 그들을 봐 온 박현우와 아닌 코치의 차이도 있었다.

그렇기 때문에 박현우의 조언은 코치의 조언과는 또 다른 효과를 냈다.

"이 타자는 오랜만에 올라오네. 재작년에 1군에 자주 뛰었는데 작년에 무릎 부상으로 엔트리에 빠졌었다. 잠깐, 정리해 둔 게 있는데……."

박현우는 옆에 두었던 가방을 뒤지더니 이내 낡은 수첩을 꺼냈다.

수첩을 펼치자 안에는 다양한 선수들에 대한 정보가 빼곡하게 적혀 있었다.

"헐! 그게 다 선수들에 대한 분석이에요?"

"응, 뭐, 전력 분석팀이 분석을 해주긴 하지만 나 나름대로의 정보도 필요하거든. 경기에서만 보이는 부분도 있으니까 말이야."

찬열은 그 말에 동의했다.

분석팀이 아무리 좋아진다 하더라도 경기 중에 보이는 미세한 부분까지는 캐치를 못하는 경우가 있다.

그런 부분을 지금까지 찬열은 스스로의 경험으로 보충해 나가고 있었다.

'이런 식으로 정리를 해두면 정말 유용하겠네.'

"참, 오늘 투수가 자이언츠의 송명준이지?"

"네."

"그 녀석에 대해서도 정리한 게 있었는데……."

박현우는 다시 수첩을 뒤지더니 이번에는 파란색 낡은 수첩을 꺼냈다. 안을 펼치자 이번에는 타자가 아닌 투수에 대한 분석이 적혀 있었다.

"아, 여기 있다."

박현우가 수첩을 내밀었다. 거기에는 작년 시즌 송명준에 대한 정보가 들어 있었다.

"사실 이게 다 맞다고는 할 수 없어. 이번 시즌에 들어오면서 바뀐 부분도 있으니까. 내가 전반기를 뛰었다면 업데이트를 했을 텐데. 그러지 못했으니까, 감안해서 봐라."

"오오…… 감사합니다."

찬열의 눈이 반짝였다.

버릇이나 습관은 하루아침에 바뀌지 않는다.

아무리 1년 전 자료라고는 하지만 이것으로도 자신에게 유리한 부분이 많았다.

업데이트되지 않은 부분은 자신의 기억과 경험에서 보충하면 될 일이었다.

찬열은 박현우가 건넨 수첩을 차분히 읽으며 오늘 선발 송명준에 대한 정보를 머릿속에 집어넣었다.

그 모습을 박현우는 흐뭇한 미소를 지은 채 바라봤다.

＊＊＊

[부산 자이언츠 대 인천 와이번스! 일찌감치 매진이 된 사직 구장에서 인사드립니다! 전 캐스터 성민호, 옆에는 해설위원을 맡아주신 이순경 위원님 나오셨습니다. 안녕하십니까?]

[예, 안녕하세요.]

[2위인 인천 와이번스, 4위인 부산 자이언츠. 오늘 대결은 여러 이유로 흥미롭지 않습니까?]

[맞습니다. 현재 와이번스와 자이언츠의 승차는 2경기입니다. 오늘 경기에서 자이언츠가 이긴다면 1경기 차로 바꿀 수 있습니다.]

[홈런왕 대결도 있죠?]

[예, 현재 홈런 1위는 자이언츠의 박대수 선수가 27개를 기록 중입니다. 2위는 와이번스의 정찬열 선수가 25개를 기록하면서 바짝 추격하고 있습니다.]

[정찬열 선수가 전반기 마지막에 슬럼프를 겪으면서 다소 홈런 갯수가 떨어졌는데요. 신기하게도 선두였던 박대수 선수 역시 홈런 페이스가 떨어졌었죠?]

[마라톤도 그렇지 않습니까? 같이 달려 주는 페이스메이커가 없으면 기록은 떨어질 수밖에 없습니다. 홀로 보이지 않는 어둠을 달리는 기분이죠. 하지만 뒤에서 누군가 쫓아오고 옆에서 같이 달려 주면 자신의 능력 그 이상을 낼 수 있습니다. 야구에서의 기록도 마

찬가지죠.]

[그렇군요. 과연 오늘 대결이 어떻게 풀릴지 기대가 됩니다. 마운드에는 자이언츠의 선발투수 송명준이 올라옵니다.]

이번 시즌 10승 4패, 평균 자책점 3.11의 성적을 내고 있는 송명준. 그는 자이언츠의 토종 에이스였다.

10승 투수답게 그는 1회를 깔끔하게 막아내며 순조로운 출발을 보였다.

하지만 와이번스는 조금 달랐다.

[삼자범퇴 이닝으로 끝난 자이언츠와 달리 와이번스의 선발투수 토마스는 테이블세터에서 안타와 볼넷을 내주며 무사 1, 2루의 위기를 맞습니다.]

딱-!

[내야에 뜬 공, 인필드 플라이가 선언이 됩니다. 아웃 카운트가 하나 올라가는군요.]

[타자가 잘못 친 공이지 투수가 잘 던졌다곤 할 수 없습니다. 무엇보다 아직 위기는 현재 진행형입니다.]

[말씀해 주신 대로 타석에는 올 시즌 KBO의 최고 타자인 박대수 선수가 들어섭니다.]

194㎝의 큰 키. 몸무게는 120㎏가 넘는 거구의 박대수가 타석에 들어서자 찬열은 고개를 저었다.

'몸 쪽에 던지면 배에 다 맞겠네.'

배가 볼록 튀어나와 있는 게 무슨 만화 캐릭터 같았다.

하지만 정찬열은 잘 알고 있었다. 이 큰 덩치에서 나오는 파워, 배트 스피드, 그리고 유연성을 말이다.

'토마스의 공이 좋지 않지만…….'

그래도 리드를 할 수밖에 없었다. 지금 피하면 1사 만루다. 다음 타자도 위험하니 지금 승부를 거는 게 좋았다.

하지만 좋은 공을 줄 생각은 없었다.

'바깥쪽 낮은 코스로 떨어지는 슬라이더.'

사인을 받은 토마스가 고개를 끄덕였다.

1, 2루 주자를 눈으로 견제한 토마스가 슬라이드 스텝과 함께 공을 뿌렸다.

쐐애애액-!

'가운데!'

공이 손을 떠나는 순간 찬열은 알았다. 실투다.

하지만 이미 던진 공을 다시 잡을 순 없는 일이었다. 그리고 박대수는 이런 실투를 놓치지 않는 타자였다.

딱-!

경쾌한 소리와 함께 공이 날아갔다.

[호쾌한 타격! 우익수 따라가는 걸 포기합니다, 박대수 첫 타석, 초구를 휘둘러 그대로 담장을 넘기는 쓰리런! 28호 홈런이 나왔습니다!]

환호하는 자이언츠 더그아웃.

홈팬들의 열광적인 반응.

순식간에 분위기가 달아올랐지만 찬열은 그 누구보다 빠르게 냉정을 찾았다.

"괜찮아! 신경 쓰지 마!"

영어로 격려하는 찬열이지만 토마스의 얼굴은 펴지지 않았다.

'음, 충격 좀 받았으려나?'

토마스의 표정에 찬열의 걱정이 깊어졌다.

투수는 마운드 위에서 포커페이스를 유지해야 한다.

하지만 그것을 할 수 있는 선수는 많지 않았다.

모두들 머릿속에는 그 생각을 가지고 있는데도 말이다. 그만큼 감정을 숨기는 건 어렵다.

토마스 역시 마찬가지다. 의욕을 가지고 던진 공이 그대로 담장을 넘어갔으니 멀쩡하면 그게 더 이상했다. 그렇지만 토마스는 달랐다.

펑-!

"스트라이크!"

훙-!

"스트라이크!"

딱-! 퍽-!

"아웃!"

[쓰리런을 맞은 토마스 선수! 하지만 다음 타자인 이용운 선수를 3루수 뜬공으로 처리합니다!]

[흔들릴 수 있는 상황, 하지만 토마스 선수의 멘탈은 흔들리지 않았네요.]

'아니, 흔들리고 있다.'

찬열은 그것을 느끼고 있었다. 홈런 이후 구위가 떨어졌다. 그리고 제구 역시 조금씩 다르게 들어왔다.

그럼에도 불구하고 아웃 카운트를 잡을 수 있었던 건 이용운의 멘탈 때문이었다.

같은 클린업트리오인 박대수가 홈런을 보여주었기에 자신도 무언가를 하겠다는 생각으로 스윙이 커졌다.

그러면서 구위가 떨어진 토마스의 공에도 배트가 밀렸다.

그건 다음 타자인 윤태현도 마찬가지였다.

퍽-!

"스트라이크! 아웃!"

낮게 떨어지는 공을 부드럽게 끌어 올리는 찬열의 프레이밍과 함께 윤태현은 삼진을 당했다.

[흔들릴 수 있는 토마스 선수를 공략하지 못한 자이언츠! 과연 2회 초 와이번스의 반격이 시작될 수 있을지. 4번 타자 김상필 선수부터 공격 시작하겠습니다.]

딱-!

[2구를 통타! 중견수 키를 넘기는 타구, 중견수 펜스 앞에 멈춰 튀어나오는 공을 잡아 곧장 2루에 송구! 와~ 레이저가 따로 없군요. 김상필 선수, 2루에 갔으면 아웃이 될 뻔했습니다.]

[강한 어깨도 좋았지만 역시 야구 센스가 좋은 선수였다. 이렇게 평가를 합니다. 타구가 키를 넘어가는 걸 빠르게 판단하고 바운드 될 공을 잡아 그대로 2루에 송구했어요. 2루타가 될 것을 단타로 막아 낸 것이죠.]

[와이번스 입장에서는 다소 아쉬운 상황이 됐군요?]

[그렇습니다만 다음 타자 덕분에 아쉬움은 어느 정도 떨쳐 낼 수 있겠지요.]

[말씀하신 대로 타석에는 와이번스의 5번 타자, 정찬열 선수가 들어섭니다. 정찬열 선수, 올 시즌이 루키 시즌이라고는 생각되지 않을 정도로 좋은 활약을 하고 있습니다.]

[정찬열 선수는 더 이상 루키라고 볼 수 없어요. 내년 시즌 어떻게 될지 모르겠습니다만은 올 시즌만 놓고 보자면 이미 거포로서 자리를 잡았다. 이렇게 봐야 하겠습니다.]

[사실 루키 선수가 포수로서 마스크를 쓰고 안정감을 보여주는 것도 이례적인 일 아닙니까?]

[거의 할 수 없는 일입니다. 워낙 타격 쪽에서 성적이 좋아 마스크를 쓴 정찬열 선수에 대한 관심이 덜할 뿐이지. 개인적으로 봤을

때는 오히려 수비가 더 뛰어나다. 이렇게 볼 수 있습니다.]

[수비 쪽 이야기는 잠시 후에 하도록 하겠고요. 타격 쪽 성적을 이야기하지 않을 수 없습니다. 거의 모든 기록이 상위권을 차지하고 있는데 그중에서도 가장 두각을 나타내고 있는 건 역시 홈런입니다.]

[그렇습니다. 박대수 선수에 3개…… 방금 쳤으니 4개 차이가 있지만 벌써 24개의 홈런을 때려내며 2위 자리를 굳건히 지키고 있습니다.]

[그리고 도루 역시 15개를 기록했는데요. 앞으로 5개만 추가한다면 20-20클럽에 가입하게 됩니다.]

펑—!

"스트라이크!"

[한가운데 들어오는 직구를 그냥 흘려보낸 정찬열 선수, 아쉬운 듯 쓴웃음을 짓습니다.]

[호타준족의 상징이라 할 수 있는 홈런 20개, 도루 20개를 기록한 선수가 가입된 곳이 20-20 클럽인데요. KBO에서는 29번의 기록이 나왔습니다.]

[정찬열 선수는 20-20클럽 말고도 한 시즌 신인 타자 최다 홈런 기록인 30홈런에도 도전하고 있습니다. 또한 현재 사실상 2강으로 굳혀진 신인왕 경쟁, 그리고 박대수 선수와 홈런왕 경쟁 또한 하고 있는데요.]

[허허, 정말 욕심 많은 선수입니다. 남들은 한 번 가지기 힘든 타이틀 경쟁을 루키 시즌부터 하고 있다니 말입니다.]

타석에 선 찬열은 박현우의 수첩을 떠올렸다.

'송명준은 스트라이크 3개를 잡는 것보다 맞춰 잡는 피칭을 선호한다. 강속구를 던지지만 효율적인 피칭을 우선시하지. 그래서 유리한 카운트를 잡은 상황에서 변화구 승부가 높다.'

송명준에 대한 내용을 떠올리며 찬열은 배트를 잡았다.

'변화구만 노린다. 변화구.'

타자가 변화구 혹은 패스트볼, 둘 중에 하나가 올 것임을 알게 된다면 열에 일곱 여덟 번은 타자의 승리가 된다.

이유는 바로 히팅 포인트에 있다. 포심 패스트볼과 같은 속구 계열의 공들은 히팅 포인트를 앞에 두고 때려야 한다.

만약 뒤에 둔다면 스윙이 늦고, 맞는다 하더라도 배트가 밀릴 수 있었다.

반면 커브, 슬라이더 같은 변화구는 히팅 포인트를 뒤에 둬야 했다.

프로가 던지는 공의 변화는 홈 플레이트 부근에서 가장 심해진다. 그렇기 때문에 최대한 공의 변화를 보고 공을 때려야 했다.

즉, 두 가지 중 어떤 것이 날아올지 모르기 때문에 타자는 제대로 된 히팅 포인트에서 타격을 할 수 없다.

찬열은 박현우의 수첩에 적힌 코멘트를 믿고 앞에 형성됐던 히팅 포인트를 뒤로 가져갔다.

눈으로 보이지 않는 점을 주시하며 송명준을 노려봤다.

"후우-!"

김상필은 달리지 않는다.

그랬기에 송명준은 깊은 한숨과 함께 마음 놓고 와인드업을 했다.

그리고.

"차앗!"

쐐액-!

빠르게 공이 허공을 가로질렀다.

절반쯤 날아왔음에도 불구하고 찬열의 배트는 돌아가지 않았다.

스윙에 시동이 걸리기 시작한 것은 공이 홈 플레이트 부근에서 갑자기 뚝 떨어진 시점에서부터였다.

후웅-!

딱-!

밑으로 떨어지는 포크볼을 정확히 올려쳐 마치 권투의 어퍼컷 같은 스윙이 나왔다.

경쾌한 소리와 함께 날아간 공은 박대수가 날렸던 쓰리런과 같은 우익수 쪽 관중석으로 모습을 감췄다.

[투런 홈런입니다! 자이언츠에 석 점을 허용했던 와이번스! 정찬열 선수의 투런 홈런으로 단숨에 두 점을 따라붙습니다!]

[완벽한 노림수였습니다. 마치 변화구가 들어올 것을 예상했다는 듯 히팅 포인트를 뒤에 두고 스윙을 느리게 가져갔습니다. 그 결과 공이 변화를 보이는 순간 배트가 매섭게 돌아갔고 그대로 홈런으로 이어진 거죠.]

[그림 같은 스윙! 이로써 4개 차이까지 벌어졌던 박대수 선수와 정찬열 선수의 홈런 개수가 다시 3개 차이로 좁혀졌습니다!]

28호 홈런. 25호 홈런.

하지만 이것은 시작에 불과했다.

* * *

찬열의 투런 이후 토마스는 빠르게 안정을 찾았다.

구위와 제구력이 돌아왔고 찬열이 원하는 곳에 정확히 공을 꽂아 넣기 시작했다.

그건 송명준 역시 마찬가지였다.

변화구가 맞아서 그런지 포심 패스트볼의 승부가 많아졌지만 그것만으로도 타자를 압도하기에는 충분했다.

[1회와 2회, 각각 쓰리런과 투런이 터져서 난타전 양상이 되지 않

을까 생각했는데요. 예상외로 수준 높은 투수전이 됐습니다.]

[문제는 이번 4회 말이 되지 않을까 싶습니다.]

[타석에는 자이언츠의 4번 타자이자 첫 타석에서 쓰리런을 터뜨린 박대수가 나옵니다.]

찬열은 타석에 선 박대수를 바라봤다.

'어디로 던져야 될까?'

어떤 타자이든 간에 약점이 없다는 건 불가능했다. 그건 박대수 역시 마찬가지다.

'몸 쪽 낮은 코스를 던지게 해.'

이번에는 아예 더그아웃에서 사인이 나왔다.

시즌 초, 찬열이 아직 벤치에 믿음을 주지 못했을 때를 제외하고는 벤치에서 사인이 나오는 건 오랜만이었다.

시즌 중반부터는 아예 찬열이 알아서 경기를 운영해 나갔었다.

그만큼 벤치의 믿음이 두터웠다. 하지만 그 믿음만큼이나 박대수의 능력이 대단했다.

또한 지금 이 순간이 오늘 경기에 중요한 승부처라고 판단한 것이다.

찬열은 벤치의 사인을 받고 그대로 토마스에게 전달했다.

'몸 쪽 낮은 코스, 포심 패스트볼.'

고개를 끄덕인 토마스가 와인드업을 했다.

"차앗!"

딱-!

그의 손에서 공이 떠나는 순간 박대수의 발이 오픈 스탠드를 취하더니 부드럽게 허리가 돌아가면서 어퍼 스윙의 궤적을 그리며 배트가 나왔다.

[갑니다! 어디까지? 어디까지? 담장 끝까지! 이번에는 좌익수 쪽 담장을 넘기는 솔로 홈런! 29호 홈런이 터집니다!]

[완벽한 스윙이었습니다. 다소 낮은 코스의 공을 그대로 당겨쳐서 힘으로 담장을 넘겼어요. 정말 대단한 파워입니다.]

* * *

[스코어는 4 대 2! 박대수 선수의 홈런이 있었지만 1회와 비슷하게 토마스 선수는 다시 한 번 위기를 벗어납니다.]

[타자들의 스윙에 힘이 들어가 있어요. 오늘 토마스 선수의 구위가 좋은 게 아닌데도 타자들이 도와주니 위기를 번번이 벗어나네요.]

[경기 초반과 비슷한 장면은 또 있습니다. 5회 초, 와이번스의 공격에서 김상필 선수가 다시 한 번 선두 타자로 나오고 그 뒤를 이어 2회 투런 홈런을 터뜨렸던 정찬열 선수가 나옵니다.]

딱-!

[김상필 선수, 초구를 공략! 잘 맞은 타구가 우익수 정면으로 날아갑니다. 원아웃!]

[경기 초반과는 조금 다른 양상으로 흘러가는군요.]

[과연 이 선수도 다른 모습을 보여줄지 기대됩니다. 타석에는 정찬열 선수 들어섭니다!]

묘한 상황이 이어졌다.

홈런왕 경쟁을 하고 있는 두 선수, 정찬열과 박대수. 박대수가 달아나면 정찬열이 따라붙었다.

그리고 박대수가 다시 한 번 달아났다. 직후 정찬열에게 따라 붙을 수 있는 기회가 다시 찾아왔다.

"후우-!"

깊은 한숨과 함께 찬열이 타석에 섰다.

가볍게 배트를 내밀어 히팅 포인트를 확인한 찬열의 루틴이 끝나는 순간.

"플레이볼!"

구심이 소리쳤다.

송명준은 자신의 페이스로 찬열을 끌고 오기 위함인지 빠른 템포로 초구를 던졌다.

"흡!"

포심의 궤적을 그리며 날아오던 공이 뚝 떨어졌다.

퍽-!

"볼!"

[초구에 홈런을 맞았던 포크볼을 선택한 송명준 선수! 역시 배짱 있는 투구를 보여줍니다.]

[멋진 유인구였지만 정찬열 선수 속지 않습니다. 경기의 흐름이 달아올랐지만 정찬열 선수는 매우 냉정하게 공을 지켜보고 있습니다.]

흔들리지 않는 시선으로 자신을 노려보는 찬열의 모습에 송명준은 눈살을 찌푸렸다.

'마음에 들지 않아.'

송명준은 어떻게든 본때를 보여주겠다는 마음에 직접 사인을 냈다.

'몸 쪽 포심 던지겠어.'

자이언츠의 주전 포수 하원호는 잠시 고민을 하다 고개를 끄덕였다. 자신의 생각과 비슷했기에 거부할 이유가 없었다.

"후우-!"

깊은 한숨과 함께 송명준이 와인드업을 했다. 그리고 있는 힘껏 공을 뿌렸다.

촤르르륵-!

손에서 제대로 공이 긁히는 느낌이 있었다. 그리고 완벽한 코너워크가 이루어지면서 찬열의 몸 쪽을 파고들었다.

그 순간.

후웅-!

딱-!

찬열의 팔이 몸에 붙으면서 돌아갔다. 번개처럼 돌아간 스윙에 맞은 공은 그대로 좌익수 담장 밖으로 사라졌다.

[홈런! 정찬열 선수도 연타석 홈런을 터뜨립니다! 방향 역시 박대수 선수의 홈런과 동일한 좌익수 방면! 우연일지 운명의 장난일지! 두 선수의 홈런이 다시 3개 차이로 좁혀집니다!]

[한 경기에 홈런이 4개가 나왔군요. 그런데도 점수는 4 대 3, 이런 경기는 정말 오랜만에 보네요.]

홈런이 많이 나온 경기는 대부분 한 팀에서 다수의 홈런이 나온다.

자연스레 점수 차이가 많아지고 경기의 흐름이 넘어간다.

원정팬이든 홈팬이든 지는 경기를 하는 팀의 팬은 자리를 뜨게 마련이다.

하지만 오늘은 누구도 자리를 뜰 수 없었다.

[양 팀의 투수들 역시 대단한 정신력입니다. 홈런을 맞았는데도 이후에 실점을 하지 않고 타자를 막고 있습니다.]

[사실 오늘 경기에서 타자들의 상태는 썩 좋지 않습니다. 그러다 보니 흔들리고 있을 때 제대로 공략을 하지 못해 투수들이 재정비할 시간을 주는 겁니다.]

딱-!

[박현우 선수 안타입니다! 홈런 이후에 나온 안타! 과연 송명준을

흔들 수 있을 것인가?!]

[1군 복귀 이후 박현우 선수는 마스크를 자주 쓰지 못하지만 타격감을 꾸준히 끌어 올리고 있습니다. 방금 전 스윙도 간결하면서도 정확히 맞추면서 안타를 만들어내는군요.]

꾸준한 출전 기회가 주어지자 박현우는 빠르게 1군 투수들의 공에 적응했다.

최근에는 완벽히 적응한 모습을 보여주며 10경기 연속 안타를 기록 중이었다.

[타석에는 3루수 이성준 선수가 들어섭니다. 첫 타석에서는 삼진으로 물러났었습니다.]

[최근 이성준의 타격감은 떨어지고 있습니다. 스윙 스피드가 떨어지고 방망이가 나오는 게 무딥니다. 전체적으로 힘이 떨어진 느낌입니다.]

이순경 위원의 말은 정확했다. 무더위는 선수들에게 큰 적이 된다.

그래서 대부분의 선수가 여름이 되면 성적이 떨어진다.

그중에서도 이성준의 성적 하락은 폭이 컸나. 꾸준히 밀이다. 그리고 올해도 마찬가지였다.

딱-!

[빗맞은 타구! 3루수 잡아 2루로! 그리고 1루로! 중요한 순간에 병살타가 나옵니다.]

[아쉬운 타격입니다. 제대로 된 스윙을 못했어요. 저러면 안타를 칠 수 없습니다.]

[기회를 놓친 와이번스, 여전히 자이언츠가 리드한 가운데 5회 말 자이언츠의 공격이 이어집니다!]

* * *

펑—!

"스트라이크! 아웃!"

[다시 삼진! 토마스 선수 6회 말 삼진 3개를 추가하며 삼자범퇴 이닝을 만듭니다!]

[투구 수로 봤을 때 이번 이닝이 마지막으로 보이는데 최후의 순간에 완벽한 피칭을 보여주네요.]

토마스의 투구수는 117구. 이번 시즌 평균 투구수에 비해 10구나 많았다.

100구가 넘어가면서부터 투수가 던지는 1구의 의미는 달랐다. 체력적으로나 정신적으로나 한계에 달한 상황이기 때문이다.

어쨌든 토마스는 마지막 순간 최고의 피칭을 선보였다. 당연히 동료들의 환영이 이어졌다.

"나이스! 잘했다!"

"베리 굿!"

승리를 챙기지 못해 무거웠던 토마스의 표정이 격한 환영에 밝아졌다.

하지만 타격은 좀처럼 터지지 않았다. 7회 초 공격 역시 삼자범퇴로 마무리되고 7회 말로 경기는 넘어갔다.

[오늘 2연타석 홈런을 터뜨린 박대수 선수가 타석에 들어섭니다. 첫 타석에서 쓰리런, 그리고 두 번째 타석에서는 솔로포를 터뜨렸는데요.]

[오늘 팀이 올린 4타점을 혼자 올린 박대수 선수인데요. 팀이 도망가야 될 지금 상황에 어떤 모습을 보여줄지 기대가 됩니다.]

[마운드에는 선발 토마스 선수를 대신해서 김준현 선수가 올라옵니다. 김준현 선수는 올 시즌 15홀드 평균 자책점 2. 17을 기록 중입니다.]

[작년, 마무리로는 불안한 모습을 보였습니다. 하지만 올 시즌에는 중간으로 보직을 바꾸면서 오히려 좋은 모습을 보여주고 있습니다.]

[아무래도 마무리라는 중압감이 없어서일까요?]

[그렇게 보입니다. 이번 시즌 중간으로 마운드에 올라올 때는 매우 편한 모습으로 올라오고 있습니다.]

[최근 5경기 평균 자책점이 0.98입니다. 1점이 되지 않는 평균 자책점을 기록 중인 김준현. 하지만 그 상대는 오늘 연타석 홈런을 터뜨린 박대수입니다.]

[와이번스가 다음 공격에서 따라가기 위해서는 이번 이닝이 매우 중요할 것으로 보입니다.]

이순경만 그렇게 생각하는 게 아니었다.

'승부처다.'

'승부처.'

이동건 감독과 캐처 박스에 앉아 있는 찬열. 그리고 그라운드의 모든 선수가 그것을 느끼고 있었다.

'볼넷으로 내보내는 방법도 있다.'

이동건은 빠르게 머리를 굴렸다.

오늘 자이언츠에서 점수를 낸 선수는 박대수밖에 없었다.

즉, 박대수만 막으면 점수를 주지 않을 수 있다. 타자를 막는 방법은 다양했다. 볼넷 역시 그 방법 중 하나였다.

'하지만 볼넷을 주면 투수가 흔들릴 수 있다.'

이동건은 고의사구란 작전은 선호하지 않는 감독이다.

묵직하게 선수를 믿어주는 것. 그게 이동건이란 감독의 스타일이었다.

'작전이 나오지 않는군.'

찬열은 더그아웃의 움직임을 확인하고는 박대수를 올려다봤다.

'첫 타석에는 가운데로 몰리는 실투, 두 번째는 몸 쪽에 붙은 공을 때려냈다.'

두 번 모두 스윙에 망설임이 없었다. 남은 건 한 곳.

'바깥쪽 슬라이더.'

오늘 구심의 존은 바깥쪽으로 높다. 좌완인 김준현이 던지는 슬라이더라면 박대수의 입장에선 멀어 보일 수밖에 없었다.

찬열의 사인을 받은 김준현이 고개를 끄덕였다.

"흡-!"

전력을 다한 김준현의 공이 허공을 갈랐다.

'볼.'

박대수는 일찌감치 판단을 내렸다. 존을 완전히 벗어나는 공이었기 때문이다.

하지만 홈 플레이트 부근에서 변화하기 시작한 공이 안쪽으로 흘러들어왔다.

'멀어!'

그렇다 하더라도 공은 멀었다.

퍽-!

찬열은 공을 포구하는 순간 미트를 안쪽으로 움직였다.

"스트라이크!"

부드러운 찬열의 프레이밍은 구심의 눈을 속이기에 충분했다. 심판의 손이 올라가자 박대수의 이마가 일그러졌다.

'멀었는데…….'

오늘 저 코스로 들어온 공은 거의 잡아주지 않았다. 그냥

보낸 이유다.

한편 찬열의 입가에는 미소가 그려졌다.

'멀었다고 판단했는데 잡았다. 그렇다면…….'

2구의 사인이 교환됐다.

쐐액—!

펑—!

"볼!"

[2구는 몸 쪽 직구! 아쉽게 볼입니다.]

쐐액—!

후웅—!

퍽—!

"스트라이크!"

[3구! 존을 통과합니다. 이번에는 배트를 돌렸지만 공이 닿지 않았습니다.]

[사실 박대수 선수의 입장에선 이번 커브도 멀어보였을 겁니다. 하지만 초구가 스트라이크가 됐기 때문에 이번에는 배트를 내밀 수밖에 없었죠.]

타자를 흔들 수 있는 방법은 여러 가지가 있다.

그중에 하나는 타자가 생각하던 스트라이크존에 혼란을 주는 것이다.

찬열은 그 방법을 선택했다. 그리고 박대수는 거기에 완전히 말리고 말았다.

쐐액-!

후웅-!

펑-!

"스트라이크! 아웃!"

[삼구 바깥쪽 낮은 코스에 꽂히는 스트라이크! 박대수 배트를 돌렸지만 맞추지 못합니다. 연타석 홈런을 터뜨렸던 박대수의 세 번째 타석은 삼진으로 기록됩니다!]

김준현은 이후 두 타자마저 삼진으로 처리했다.

박대수를 잡아냈다는 사실이 자신감을 심어주었고 자신의 공을 던질 수 있었다. 그리고 경기는 8회 초로 넘어갔다.

[8회 초 선두 타자는 와이번스의 4번 타자 김상필 선수가 나옵니다.]

"김상필! 김상필!"

와이번스 원정 팬들이 기세를 올리기 시작했다.

이제는 모든 사람이 알고 있었다. 이번 이닝이 오늘 경기의 승부처다.

그것을 알기에 자이언츠의 바뀐 투수 문상훈은 굳은 표정이었다.

[문상훈 선수, 초구 던집니다. 바깥쪽으로 많이 빠지는 볼입니다.]

[힘이 많이 들어갔네요. 아무래도 중요한 순간이라는 걸 알기 때문에 긴장을 했나 봅니다.]

[분명 앞서고 있는 건 자이언츠인데도 묘한 상황입니다.]

[달아날 때 달아나지 못했기 때문입니다. 만약 자이언츠가 1점이라도 냈다면 다소 여유롭게 던질 수 있었을 겁니다.]

"흡!"

쐐액—!

퍽—!

[또다시 볼입니다. 너무 일찍 떨어져 원바운드로 들어가네요. 문상훈 선수가 이렇게 긴장한 이유는 역시 이 선수 때문이겠죠.]

중계 카메라가 어느새 대기 타석의 찬열을 잡고 있었다.

[정찬열이 2연타석 홈런을 터뜨렸기 때문에 앞에 주자를 내보내면 위험할 수 있다. 이 사실을 알고 있기 때문에 문상훈 선수는 더 완벽한 투구를 하기 위해 몸에 힘이 들어갔습니다.]

똑같은 2연타석 홈런. 하지만 두 선수가 다른 점은 하나였다.

바로 박대수는 선두 타자였고 정찬열은 앞에 4번 타자이자 안타를 기록한 김상필이 있단 점이었다.

1점은 동점이지만 2점은 역전이기에 문상훈은 더욱 긴장을 할 수밖에 없었다.

'어떻게든 잡아야 된다. 그러기 위해서는 제구에 더 신경을 써야 돼.'

문상훈은 전력을 다해 3구를 뿌렸다.

쐐액-!

'됐다!'

처음으로 완벽하게 스핀이 걸렸다.

스트라이크존 가운데에서 밑으로 떨어지는 체인지업이었다. 그 순간 김상필의 배트가 돌았다.

딱-!

경쾌한 소리와 함께 문상훈의 고개가 돌아갔다. 그러나 이미 공은 담장 밖으로 날아가고 있었다.

[터졌습니다! 김상필 선수의 솔로포! 8회 초, 게임이 다시 시작됩니다!]

[완벽한 스윙이었습니다. 체인지업을 노리고 있었다는 듯 망설임 없이 배트를 돌렸어요.]

다이아몬드를 모두 돈 김상필이 찬열과 하이파이브를 하고 더그아웃으로 돌아갔다. 그리고 찬열이 타석에 들어섰다.

[자이언츠는 문상훈 선수로 그대로 가는군요.]

[경기가 동점이 됐기 때문에 연장까지 생각을 해야 합니다. 그렇기 때문에 투수 운영에 신경을 써야 하죠.]

'마지막 체인지업은 제대로 떨어졌다. 하지만 제구가 잡혔다고 볼 순 없어.'

배트를 쥔 손에 힘을 풀면서 몸을 릴렉스했다.

'초구를 노린다.'

찬열이 매의 눈으로 문상훈을 노려봤다. 사인을 교환하고 와인드업을 한 문상훈이 공을 뿌렸다.

"흡!"

그의 손을 떠난 공이 제대로 제구가 되지 않아 가운데로 날아갔다. 그리고 찬열은 그것을 놓치지 않았다.

딱-!

[정찬열 선수, 초구를 그대로 강타! 멀리 날아갑니다! 중견수 추격을 포기합니다! 또다시 넘어갔습니다! 3연타석 역전 솔로포가 터집니다!]

[말이 필요 없는 선수로군요. 첫 시즌에 3연타석 홈런을 터뜨리다니…… 정말 대단합니다!]

[이로써 오늘 경기 처음으로 리드를 잡는 와이번스입니다!]

[자이언츠, 결국 문상훈 선수를 내립니다. 그리고 마운드에는 윤채수 선수가 올라옵니다.]

[박현우 선수가 약한 언더핸드 투수를 올리는…….]

쐐액-!

딱-!

[박현우 바뀐 투수의 초구를 그대로 강타! 이번에도 멀리 갑니다! 어디까지?! 담장 밖까지! 백투백투백 홈런이 터져 나옵니다!]

7장
순위 싸움

[프로야구 소식입니다. 부산에서 열린 자이언츠와 와이번스의 대결은 3연타석 홈런을 터뜨린 정찬열 선수의 활약에 힘입어 와이번스가 6 대 4 승리를 챙겼습니다. 이번 경기의 백미는 8회였습니다. 와이번스의 클린업트리오인 김상필, 정찬열, 박현우 선수가 연달아 홈런을 터뜨리며 백투백투백이라는 대단한 기록을 냈습니다. 이날 경기의 수훈 선수로 뽑힌 정찬열 선수는 3개의 홈런을 추가하며 홈런 선두인 박대수 선수와의 격차를 2개까지 좁혔습니다. 한편, 대전 구장에서는 괴물 류성일 선수가 8이닝 1실점을 하며 시즌 15승을 올렸습니다. 류성일 선수는……]

홈런왕과 신인왕.

날씨만큼이나 뜨거운 경쟁이 이어지고 있었다.

딱-!

[쳤습니다! 3루수 키를 넘기는 타구! 페어 안에 떨어집니다! 펜스까지 굴러간 공을 잡은 좌익수, 하지만 이미 정찬열 선수는 2루에서서 들어갑니다!]

[역시 빠른 발을 보여주는 정찬열 선수네요.]

[이걸로 오늘 3타수 3안타를 기록합니다. 8월 후반 떨어졌던 타율이 9월에 접어들며 다시 상승하기 시작합니다.]

뜨거웠던 8월이 지났다.

9월이 되면서 언제 그랬냐는 듯 바람이 선선해졌다.

시원한 바람만큼이나 찬열의 배트도 시원하게 돌기 시작했다.

'이제 좀 복구가 됐겠네.'

무더위가 기승을 부리면서 찬열의 성적은 조금씩 떨어졌다. 곤두박질 수준은 아니었지만 중요한 시기에 성적이 떨어지자 조급함을 느꼈다.

그사이 류성일과 박대수는 타이틀 경쟁에서 한 발 앞서 나갔다.

'조금 더 욕심을 내야 한다.'

그는 집중력을 끌어올리며 경기에 집중했다.

* * *

[류성일, 또다시 승리를 추가하며 시즌 17승을 기록! KBO 신인 최다승은 18승으로 앞으로 1승만 더 추가하면 타이기록을 달성하게 됩니다.]

[박대수 선수가 서울 트윈스와의 경기에서 2점 홈런을 기록했습니다. 이로써 시즌 홈런이 35개가 되며 2위인 정찬열 선수와는 다시 3개로 차이를 벌렸습니다.]

경쟁자들이 앞서 달려가고 있었다.

홈런왕은 그래도 차이가 심하지 않았다.

하지만 신인왕은 달랐다.

류성일의 기록은 압도적이었다.

다승은 물론이거니와 탈삼진, 평균 자책점에서도 1위였다.

투수가 이룰 수 있는 트리플 크라운을 기록한 것이다. 그리고 이 성적은 기적이 일어나지 않는 한 역전이 되지 않을 것으로 보였다.

'내가 신인왕을 타기 위해서는…….'

찬열은 마우스를 움직여 자신의 성적을 확인했다.

타율 3위, 타점 2위, 홈런 2위.
현재 타점과 홈런 1위는 박대수가 가지고 있었다.
타율은 유니콘스의 박상재가 1위를 달리고 있었다.
하지만 모두 사정권이었다.
홈런은 3개, 타점은 7개 차이를 보였다.
'가장 문제는 타율이군.'
불가능한 건 아니지만 쉽게 따라잡을 수 있는 성적은 아니었다.
그러나.
'반드시 해낸다.'
신인왕이란 타이틀은 찬열에게 매우 탐나는 상이었다.
회귀 전, 큰 꿈을 가지고 미국으로 떠났다.
하지만 실패했다.
이유야 뭐가 됐건 메이저리그의 문을 두드리다 지쳐 마이너리그에 눌러앉았다.
그러다 기적이 찾아와 과거로 돌아왔다.
같은 실수를 반복하지 않기 위해 한국 야구의 문을 두드렸다. 그리고 열렸다.
하지만 이제 문턱을 막 지난 상황이다. 앞으로 이어질 길의 끝이 어디일지 알지 못했다.
하나 한 가지는 확실했다.

'신인왕은 내가 원하는 목표를 위한 첫 번째 관문이다.'

그러기 위해서는 타자 트리플 크라운을 이루어야 했다.

찬열은 다시 한 번 의지를 다지며 주먹을 쥐었다.

* * *

시즌 종료가 한 달이 남은 시점.

하지만 찬열은 여전히 누구보다 일찍 경기장에 나왔다.

연습을 시작한 지 한 시간이 지나서야 다른 사람들이 하나 둘 나타났다.

찬열이 가장 먼저 연습을 하는 모습은 이제 와이번스에서 일상이 되었다.

몇몇 선수가 찬열에게 도전장을 내밀었다.

하지만 얼마 가지 못해 백기를 들었다.

성실함은 갑자기 생기는 게 아니다.

두 번째 기회를 얻은 찬열의 각오는 독기라고 표현할 수 있을 정도로 대단했다.

개인훈련과 단체훈련, 그리고 작전회의까지 끝나면 경기가 눈앞까지 다가왔다.

현재 와이번스는 4강 싸움을 진행 중이다.

찬열의 대단한 활약과 반대로 와이번스는 최근 성적이 떨어졌다. 여름이 되면서 전체적인 선수의 성적이 내려앉은 것이다.

무엇보다 강력했던 불펜진이 힘을 잃었다.

사실 예상됐던 시나리오다. 와이번스의 핵심 불펜 요원은 경험이 부족한 선수가 대부분이었다.

그런 선수들은 여름을 경험하고 풀시즌을 치르다 보면 점점 힘이 떨어진다.

또한 타 팀 선수들 역시 불펜투수들의 공에 적응을 한다.

이런 이유들이 중첩되면서 불펜의 성적이 조금씩 떨어졌다.

뒷문이 약화된다는 건 안정감이 떨어진다는 소리였다.

역전패가 많아지고 그렇게 되면 팀의 사기도 조금씩 떨어졌다.

악재에 악재가 거듭됐다.

하지만 이동건은 선수들을 믿고 기용했다.

사실 이동건의 올 시즌 최대 과제는 바로 팀의 성공적인 리빌딩이었다.

리빌딩에는 두 가지 방법이 있다.

하나는 전체적인 선수 물갈이를 통한 전면적 리빌딩이다.

이렇게 되면 성적은 곤두박질친다. 팜 시스템이 제대로 되어 있지 않은 국내 야구 사정상 선수단을 전체적으로 바꾸면 모든 게 어긋난다.

하지만 1년간 이렇게 고생을 시키면 신인급 선수들에게는 경험이 쌓인다.

그 선수들은 다음 시즌부터 전혀 다른 사람처럼 변모해서 1군에 적응을 한다.

그러나 이런 전면적 리빌딩을 택할 수 있는 감독은 많지 않다.

한국 야구는 당장의 성적에 급급하다.

감독들 역시 다년 계약을 맺지만 대부분이 계약 기간을 채우지 못하고 해고를 당한다.

그 이유는 바로 성적의 부진이다.

리빌딩을 위해서는 시간이 필요한데 그 시간을 기다려 줄 구단 수뇌부는 많지 않았다.

그래서 선택하는 것이 부분적 리빌딩이다.

주축 선수를 그대로 두고 조금 부족한 포지션의 선수를 빼고 유망주들을 기용하는 방법이다.

또는 승기를 잡았을 때 유망주를 투입해 경험을 쌓게 한다. 시간이 조금 오래 걸리지만 성적까지 잡을 수 있기에 가장 선호되는 방법이다.

그러나 이동건이 택한 방법은 둘 모두가 아니었다.

강력한 타자진은 그대로 두고 부족한 불펜을 모두 뜯어 고치는 절반의 리빌딩.

기존의 감독들이 키우던 선수들이 2군에 있었기 때문에 이동건은 이 방법을 선택할 수 있었다.

시즌 중반까지만 하더라도 두 마리 토끼를 모두 잡으며 '성공적이다'라는 평가를 받았다.

하지만 시즌 후반 4위까지 순위가 처지면서 팬들의 불만이 점점 커지고 있었다.

그러나 이동건은 흔들리지 않았다.

'지금의 위기를 선수 스스로가 이겨내야 한다. 그래야지만 내년 시즌에도 똑같은 위기가 왔을 때 이겨낼 수 있다.'

그게 이동건의 지론이었다.

주변에서 어떤 유혹의 손길이 찾아와도 냉정하게 뿌리쳤다.

그 대가가 비록 크더라도 말이다.

[라이온즈 대 와이번스의 경기도 막바지를 향해 달려가고 있습니다. 현재 스코어는 4 대 0으로 라이온즈가 앞서고 있는 상황입니다.]

라이온즈는 올 시즌도 1위를 달리고 있었다.

안정적인 타격, 그리고 수준 높은 투수진이 힘을 낸 덕분이다.

특히 마무리 오성훈의 활약이 대단했다.

작년 시즌 마무리로 KBO에 데뷔한 오성훈은 올 시즌 커리어하이 성적을 내고 있었다.

현재까지 42세이브를 기록한 오성훈의 활약 덕에 라이온즈는 박빙의 상황에도 안정적인 경기를 운영할 수 있었다.

[8회 말 공격의 시작은 1번 타자 김대우 선수부터 시작됩니다. 김대우 선수는 첫 번째 타석에서 안타, 두 번째 타석에서 볼넷 그리고 세 번째 타석에서는 2루수 땅볼로 아웃이 됐습니다.]

[최근 타격감이 떨어진 와이번스지만 김대우 선수는 여전히 좋은 타격감을 보여주고 있습니다.]

펑—!

"볼!"

타격감이 좋은 김대우이기에 라이온즈의 배터리는 쉽사리 승부를 걸지 못했다.

유인구 위주로 피칭을 했지만 3구까지 김대우의 배트는 나오지 않았다.

그 결과 2볼 1스트라이크가 되면서 김대우에게 유리한 볼카운트가 됐다.

'몸 쪽 포심 패스트볼!'

라이온즈의 배터리는 여기서 승부수를 띄웠다.

마운드를 지키고 있는 라이온즈의 3번째 투수인 심형섭이 와인드업을 했다.

손을 떠난 공이 매섭게 날아갔다.

몸 쪽을 찌르는 제구가 잘된 공에 김대우의 배트가 돌았다.

딱—!

[쳤습니다! 2루수 키를 넘기는 안타! 김대우 선수 멀티히트를 기록합니다!]

[안타를 맞긴 했지만 심형섭 선수의 공에 힘이 있습니다. 덕분에 좋은 타격이었는데도 멀리 뻗지 못하고 우익수 앞에서 떨어지는 단타가 된 겁니다.]

안타.

하지만 상대가 좋지 못했다.

상대는 올 시즌 도루 31개를 성공시키며 3위에 랭크된 김대우였다.

[심형섭 선수 1루에 2개의 견제구를 연달아 던집니다. 역시 김대우 선수의 빠른 발을 의식할 수밖에 없겠죠.]

[초구에서 뛸 수 있기 때문에 리드 폭을 줄이는 게 중요하죠.]

하지만 언제까지 견제를 할 순 없었다.

심형섭은 견제를 그만두고 포수의 미트를 향해 공을 뿌렸다.

그 순간.

탁-!

[달립니다! 포수 공을 받아 그대로 2루에 송구! 아~ 높게 들어가면서 김대우 선수 가볍게 도루를 성공합니다.]

[매우 좋은 타이밍이었습니다. 투수의 슬라이드 스텝을 정확히 알고 있기 때문에 나올 수 있는 도루였습니다.]

라이온즈는 투수 교체를 했다.

심형섭을 내리고 셋업맨인 안태형을 올렸다.

올 시즌 20홀드를 기록 중일 정도로 안태형은 안정적인 피칭을 선보였다.

하지만.

펑-!

"볼!"

딱-!

[아~ 3루수 공을 놓칩니다! 유격수가 공을 잡아 3루 주자 홈에는 들어오지 못하지만 아웃 카운트를 올리지 못합니다!]

[타구가 강하기는 했지만 저 정도는 처리해 줬어야 합니다. 아쉬운 수비가 나오는군요.]

[기회는 4번 타자 김상필에게 돌아갑니다. 올 시즌 29개의 홈런을 때려내며 커리어 하이 시즌을 보내고 있습니다.]

[최근 타격감이 떨어지긴 했지만 한 방이 있는 타자입니다. 홈런이면 바로 동점이니 조심스러운 승부가 필요합니다.]

안태형도 그 사실을 알고 있었다.

하지만 그는 자존심이 강한 투수였다. 그리고 자신의 공에 자부심이 있었다.

"하앗-!"

쐐액-!

특유의 거친 와인드업과 함께 공을 뿌렸다. 볼 끝이 살아 있는 공이 몸 쪽을 그대로 파고들었다.

배트를 돌릴 수 없을 정도로 날카로운 공이었다.

김상필은 볼이 되었기를 바라고 심판의 콜을 기다렸다.

"스트라이크!"

[초구가 몸 쪽을 파고듭니다!]

[안태형 선수의 장점 중 하나가 바로 정면승부를 할 수 있는 투수라는 겁니다. 만루의 상황에도 피하는 모습이 없습니다.]

[2구! 떨어지는 포크볼에 배트가 헛돕니다!]

[멋진 블로킹입니다. 배터리가 서로에 대한 믿음이 없다면 사인이 나올 수도, 던질 수도 없는 공입니다.]

[3구는 다시 포심! 하이 패스트볼이었는데 김상필 선수, 속지 않는군요.]

안태형이 로진을 손끝에 묻혔다.

'승부다.'

그의 눈이 빛났다.

투수판을 밟은 그가 진은성과 사인을 교환했다.

현란하게 움직이는 손가락을 확인한 안태형이 심호흡을 뱉었다.

"후우-!"

그리고 있는 힘껏 공을 뿌렸다.

“차앗-!”

딱-!

[배트 돌았습니다! 하지만 떨어지는 공에 배트의 끝이 맞으면서 유격수쪽으로 타구가 굴러갑니다. 유격수 공을 잡아 곧장 2루에! 그리고 1루에! 더블플레이입니다!]

[비록 1실점을 했지만 아웃 카운트 2개를 잡으면서 위기를 벗어납니다.]

점수는 줬다.

하지만 승자는 안태형이었다.

그것을 증명하듯 김상필은 굳은 얼굴로 더그아웃으로 들어갔다.

[와이번스의 다음 타자는 정찬열 선수입니다. 앞서 세 타석에서 각각 안타 2개, 볼넷 1개를 기록하며 이미 멀티히트를 기록했습니다.]

[최근 힘을 쓰지 못하고 있는 와이번스 타석에서 유일하게 제 역할 이상을 해주는 선수입니다.]

정찬열의 타격감은 하늘을 찌르고 있었다.

보통 동료들의 성적이 떨어지면 거기에 휘말려 같이 성적이 하락하는 선수들이 있었다.

하지만 정찬열은 거기에 해당하지 않았다.

유유히 본인의 성적을 올리고 있는 정찬열에게 팬들은 아낌없는 환호를 보냈다.

"정찬열! 정찬열!"

"한 방 쳐주세요! 정찬열! 한 방 쳐주세요! 정찬열!"

음악에 맞춰 응원을 해주는 팬들의 기대에 부응하듯 정찬열의 배트가 초구부터 매섭게 돌았다.

딱—!

[잘 맞았습니다! 멀리 갑니다! 넘어가느냐?! 넘어갑니다! 정찬열 선수 8회 말 자신의 시즌 33번째 홈런을 투런포로 기록합니다!]

[홈런이 나오긴 했지만 아쉽습니다. 앞서 병살타가 아니었다면 만루 홈런으로 동점이 될 수도 있는 상황이었는데요.]

[하지만 이걸로 스코어는 4 대 3! 턱밑까지 추격하는 와이번스입니다!]

그러나 추격은 거기서 끝이었다.

뒤이어 나온 박현우가 삼진을 당했고 9회 말에는 라이온즈의 극강마무리 오성훈이 뒷문을 잠그면서 4 대 3으로 경기는 마무리되었다.

[와이번스 이것으로 3연패를 기록합니다.]

4위도 위태로워지는 와이번스였다.

* * *

이동건은 감독실에 앉아 있었다.

'5위와의 격차는 1경기, 여차하면 바뀌겠군.'

현재 5위는 잠실 베어스였다.

신구의 조화가 잘 이루어진 베어스는 중반까지만 하더라도 하위권을 맴돌고 있었다. 하지만 점점 올라오더니 지금은 5위, 그것도 와이번스의 턱밑을 추격 중이었다.

'후우…… 힘들군.'

감독의 고뇌는 선수들보다 대단했다.

누구에게도 털어놓을 수 없었다.

그래서 감독이란 자리는 어떤 포지션보다 힘든 자리였다.

선택과 결과 모두 자신의 책임이니 말이다.

'이번 시즌은 버린다고 생각했었는데.'

처음 감독에 부임할 때 구단 관계자에게 한 이야기였다.

한 시즌을 버릴 각오가 있다면 자신이 감독을 맡겠노라고.

구단에서 제안을 받아들였고 이동건은 감독의 자리에 앉았다. 그리고 예상보다 빠르게 팀이 정상궤도에 올랐다.

정확히 이야기하면 선수들이 가지고 있는 의지가 강했다는 게 가장 알맞은 표현이다.

2군에서 기회를 엿보던 선수들이었다.

기회를 손에 넣자 그것을 놓지 않으려 각고의 노력을 했다.

그 결과 빠르게 자리를 잡았다.

하지만 그게 독이 됐다.

선수들이 자리를 잡으면서 성적이 오르자 구단과 팬들의 기대치가 높아졌다. 기대치가 올라가면 그것을 충족시켜야 된다.

사실 이동건은 성적이 떨어질 것을 예상하고 있었다.

그러나 누구에게도 이야기하지 못했다.

그게 답답했다.

'누군가 이 위기를 해결해 주면 좋겠군.'

실없는 생각을 하며 그는 소파에 몸을 기댔다.

일단은 자고 싶었다.

머릿속의 복잡한 생각 때문에 잠이 오지 않았지만 눈을 감았다.

＊＊＊

딱-!

[쳤습니다! 우익수 키를 넘깁니다! 원바운드로 펜스에 맞는 타구! 그사이 정찬열 선수 서서 2루에 들어갑니다!]

[멀어지는 슬라이더를 그대로 밀어 쳤습니다. 균형이 무너졌지만 하체가 워낙 좋은데다가 손목 힘도 좋아 공을 끝까지 밀어냈어요.]

[정말 대단합니다. 이걸로 오늘 경기 3안타에 2개의 2루타를 추가합니다! 타점 역시 5타점을 기록하네요!]

정찬열의 활약은 끝이 보이지 않았다. 그는 기회를 잡으면 결코 놓치는 법이 없었다.

[최근 일주일간 정찬열 선수의 타점이 무려 17타점입니다. 방금 전에 올린 1타점으로 정확히 110타점을 기록하게 됩니다.]

[와이번스의 잔여 경기가 11경기가 남은 상황이니 얼마나 더 많은 타점을 추가하게 될지 기대가 됩니다.]

[여기서 정찬열 선수를 대주자로 교체하는군요.]

[좋은 선택입니다. 정찬열 선수의 대활약 덕분에 점수 차가 벌어진 상황이니 교체해서 휴식을 주는 게 좋습니다.]

"찬열아! 오늘도 잘했다!"

"수고했어!"

최근 순위가 하락세이긴 했지만 와이번스의 더그아웃 분위기는 별로 나쁘지 않았다.

찬열은 선배들과 하이파이브를 하고는 벤치에 앉았다.

그런 찬열에게 박현우가 다가와 음료수를 건넸다.

"목부터 축여야지."

"감사합니다."

음료수를 받아 목을 축이는 사이 박현우가 옆에 앉았다.

"요즘 감이 좋네. 그대로만 하면 되겠다."

"아직 멀었습니다."

"응?"

박현우가 되물었지만 찬열은 대답하지 않았다.

굳게 입을 닫은 찬열이지만 표정이나 분위기에서 자신의 의지를 내보이고 있었다.

어떻게 보면 건방질 수 있다.

박현우와 찬열의 사이에는 십 년 정도의 격차가 있다.

선후배 사이를 무척 중요시하는 한국 운동권에서 선배의 말을 무시하는 건 결코 용납될 수 없는 일이다.

하지만 박현우는 오히려 미소를 지었다.

"그래, 이제 시즌이 얼마 안 남았다. 더 전력질주해서 앞서 있는 놈들을 따라잡아야지."

박현우도 알고 있었다.

지금 찬열의 머릿속에 신인왕과 홈런왕에 대한 욕심이 가득하다는 걸 말이다.

그걸 나무라고 싶지 않았다. 아니, 오히려 프로선수라면 그 정도의 욕심은 있어야 된다고 생각했다.

타이틀이란 건 실력은 물론이거니와 운도 있어야 한다.

뛰어난 성적에도 동시대에 레전드급의 활약을 펼치는 선수가 나타나 타이틀을 얻지 못한 이가 수두룩했다.

그런데 찬열은 첫 시즌부터 그 기회를 얻은 것이다.

'전력질주…….'

찬열은 박현우의 말을 되뇌었다.

* * *

[프로야구가 막바지를 달려가고 있는 현재, 1위와 2위를 제외한 3, 4위의 순위가 아직 결정되지 않았습니다. 현재 3위인 수원 유니콘스는 4경기, 4위인 인천 와이번스는 3경기, 그리고 잠실 베어스 역시 3경기를 남겨둔 상황입니다. 수원 유니콘스는 챔피언 라이온즈와 대구에서 2경기, 그리고 광주 타이거즈와 수원에서 2경기를 치른 뒤 시즌을 마무리합니다. 유니콘스는 4경기 중 2경기를 승리하면 자력으로 3위를 확정짓습니다.]

사실 유니콘스의 준플레이오프 진출은 거의 확정적이었다.
문제는 와이번스와 베어스였다.

[3경기를 남겨둔 와이번스는 서울로 이동해 잠실에서 베어스와 1경기를 진행합니다. 사실상 이 경기가 4위를 결정짓는다고 볼 수 있습니다.]

현재 두 팀의 승차는 1경기다.
그런데 승률은 베어스가 조금 더 높았다.
와이번스는 1무가 있지만 베어스는 없었기 때문이다.
만약 베어스가 최종전에서 승리하고 남은 2경기를 와이번스와 동일한 전적으로 시즌을 마무리한다면 승률로 4위를 확정짓게 된다.

그렇기 때문에 와이번스는 어떻게든 잠실에서의 경기를 이겨야 했다.

[내일 잠실에서 열릴 와이번스와 베어스의 시즌 최종전에 많은 이의 관심이 집중될 전망입니다.]

* * *

찬열은 마지막으로 기록을 확인했다.

'많이 따라잡았다.'

KBO의 공식 기록을 확인한 찬열의 입가에 작은 미소가 그려졌다.

집중을 한 덕분인지 타율은 1위가 됐다.

타점 역시 5타점만 뒤진 상황에서 2위였다.

가장 큰 문제였던 홈런 역시 1개 차이까지 따라 붙었다.

안타 역시 1위를 달리면서 현재 찬열은 2관왕을 달리고 있었다.

'도루는 무리다. 하지만 득점은 박현우 선배와 이성준 선배의 활약 여부에 따라 가능할 수도 있다.'

그렇게만 되면 5관왕까지 넘볼 수도 있었다.

'아니야, 거기까지 생각해서는 안 돼. 내 능력으로 이룰 수 있는 부분만 생각하자.'

남의 도움을 받아야 될 부분은 변수가 많다.

그런 부분까지 계산에 넣으면 냉정하게 생각할 수 없었다.

찬열은 자신이 이룰 수 있는 성적만 판단했다.

'최근 박대수 선배의 홈런 페이스가 떨어졌다. 타점도 마찬가지고.'

시즌 후반, 날아다니던 박대수의 기세도 꺾였다.

40홈런을 눈앞에 남겨 두고 더 이상 홈런을 추가하지 못하고 있었다.

아홉수라고 하기에는 너무 시간이 길었다.

열흘 동안 타점, 홈런을 추가하지 못하고 있었으니까 말이다. 덕분에 안타와 타율에서 그를 앞지를 수 있었다.

'당장은 내게 유리하다. 그리고 홈런과 타점을 따라잡으면 신인왕도 내가 딸 수 있다.'

같은 트리플 크라운이라면 투수인 류성일이 신인왕을 획득할 가능성이 컸다.

하지만 하나의 부문에서 더 1위를 한다면?

찬열에게 타이틀이 주어질 수도 있다.

무엇보다 찬열은 포수다.

프로의 세계에서 신인 포수가 이런 활약을 펼친 경우는 투수보다 적었다.

게다가 도루 저지율이 1위인 점도 찬열에게 또 하나의 장점으로 주어졌다.

그뿐만이 아니다.

현재 시즌 MVP 후보로 거론되고 있는 게 류성일과 박대수, 그리고 정찬열이었다.

류성일은 이미 신인 시즌 최다승인 18승을 기록했다.

그리고 투수 트리플 크라운 역시 확실해졌다.

1승만 더 추가하면 신인 시즌 최다승 부문을 갱신하는 대기록을 작성한다.

박대수는 투고타저의 시즌에서 39홈런을 쳐 낸 거포다.

만약 40홈런까지 쳐 내면 시즌 MVP에 가장 가까워지는 타자였다.

그 뒤를 찬열이 이어 달리고 있었다.

시즌 MVP와 신인왕.

그리고 타격 부문의 상까지 걸린 남은 3경기.

하지만 찬열은 그것만 보고 있지 않았다.

'우리가 포스트시즌에 진출하기 위해서는…….'

자신의 활약이 반드시 필요했다.

그것을 알기에 찬열의 어깨가 조금 더 무거워졌다.

그는 굳은 얼굴로 모니터를 주시했다.

* * *

와이번스의 원정 버스가 잠실에 도착했다.

몇 번이나 경기를 치르던 잠실야구장이다.

하지만 오늘만큼은 그 어떤 때보다도 긴장한 얼굴로 야구장에 들어섰다.

이미 입구에서부터 베어스의 서포터즈들이 줄서 있었다.

몇몇 과격한 팬이 야유를 보내왔지만 거기까지였다.

한국 야구의 수준이 많이 높아진 덕에 분위기만 좋지 않았을 뿐 별다른 충돌은 없었다.

그렇게 야구장에 들어선 와이번스는 원정팀의 라커룸에 짐을 풀었다.

"2시간 뒤부터 그라운드 훈련을 시작하시면 됩니다."

베어스 구단 직원이 와서 통보를 하고는 사라졌다.

평소라면 이야기도 나누고 했을 테지만 경기가 경기인 만큼 자제하는 모습이었다.

"훈련은 2시간 뒤부터다. 그때까지 각자 알아서 쉬도록."

"예!"

원정 경기에서는 훈련 시간이 정해져 있다.

아무래도 손님이다 보니 남의 집에서 함부로 움직일 수 없었다.

그사이 선수들은 식사를 하기도 하고 각자 알아서 몸을 풀 수도 있었다.

찬열은 바로 자리에서 일어나 식당으로 향했다.

'오늘은 장기전이 될 가능성이 크다. 체력을 비축해 둬야 돼.'

이렇게 중요한 경기는 허무하게 끝나는 경우가 적다.

대부분의 선수들이 높은 집중력으로 경기에 임하기 때문이다.

그 사실을 알고 있는 찬열은 평소보다 많은 식사를 통해 체력을 비축했다. 그리고 다시 라커룸에 돌아와 휴식을 취했다.

그렇게 시간을 보내는 사이 어느새 2시간이 지났다.

"훈련 시작이다."

"예!"

최후의 일전을 앞둔 훈련이 시작됐다.

* * *

[전국의 야구팬 여러분 안녕하십니까? 프로 야구의 시즌도 막바지를 향해 달려가고 있습니다. 저는 캐스터 성민호, 옆에는 김성호 해설위원 나오셨습니다. 안녕하십니까?]

[안녕하세요.]

[와이번스 대 베어스의 시즌 최종전, 두 팀의 입장에서는 매우 중요한 경기가 아닐 수 없습니다.]

[예, 오늘 경기에서 이기는 팀이 사실상 4강행 티켓을 손에 쥔다. 이렇게 말할 수 있는 경기입니다.]

캐스터와 해설위원이 한창 상황을 정리하는 사이.

와이번스의 선수단은 더그아웃 앞에서 하나로 모여 있었다. 그리고 이번 시즌 주장 완장을 찬 김상필이 천천히 입을 열었다.

"오늘 경기가 얼마나 중요한 경기인지 다들 알 거라고 믿는다."

모든 이의 시선이 김상필에게 향했다.

"힘든 일도 많았고 기쁜 일도 많았다. 하지만 이왕이면 마지막 순간까지 기쁘고 싶다. 오늘 경기에서 이겨서! 가을야구 멋들어지게 한번 해보자."

"예!"

"정신 빡! 차리고 알았지?!"

"예! 알겠습니다!"

기합을 넣는 선수단을 보며 이동건은 차가운 눈으로 베어스의 더그아웃을 바라봤다.

'반드시 이긴다.'

여기까지 온 이상 질 수는 없었다.

＊＊＊

경기 전 모든 행사가 끝났다.

드디어 베어스 선수단이 각자 자리를 잡고 섰다.

베어스의 마운드에는 1선발인 핀치가 올라와 있었다.

'올 시즌 14승 7패, 압도적인 성적은 아니지만 나쁜 성적도 아니다. 던질 수 있는 구종은 포심, 커터, 고속 슬라이더, 커브, 그리고 체인지업까지.'

다섯 개의 구종을 던질 수 있는 투수는 성가시다.

그렇기에 찬열은 경기 전 핀치의 시즌 투구 내용을 모두 읽으며 공략법을 생각하고 있었다.

'1회가 중요하다. 1회에 흔들 수 있으면 핀치는 긴 이닝을 가져가지 못했다. 하지만…….'

반대로 1회를 제대로 막으면 극강 모드로 돌입해 이닝이터의 모습을 제대로 보여주었다.

[타석에는 와이번스의 선봉장 김대우 선수가 들어섭니다.]

찬열을 비롯해 와이번스 선수단의 시선이 일제히 김대우에게로 향했다.

뒤이어 구심의 콜이 떨어졌다.

"플레이볼!"

4강행 티켓을 건 중요한 일전이 시작됐다.

[핀치 선수, 초구 던집니다.]

펑—!

"스트라이크!"

[초구 바깥쪽 낮은 코스에 꽂히는 포심 패스트볼. 구속이 151km가 나왔습니다.]

[처음부터 구속이 잘 나오네요. 아무래도 팀의 플레이오프 진출이 걸린 경기이니 각오를 단단히 한 듯합니다.]

[2구 던집니다. 빠르게 꺾이는 슬라이더에 김대우 선수 헛스윙합니다.]

[핀치 선수의 전매특허죠. 140km 초중반의 속도를 내는 고속 슬라이더의 각도가 매우 좋았습니다.]

[핀치 선수, 빠른 템포로 투구를 이어갑니다. 3구!]

딱—!

[존을 통과하는 커터를 커트하는 김대우 선수. 방금 공도 매우 날카로웠습니다.]

[컷패스트볼은 아직 국내에서 던지는 선수가 많지 않기 때문에 매우 효율적인 공입니다.]

[4구! 체인지업에 배트가 헛돕니다. 첫 타자부터 삼진으로 잡아내는 핀치 선수! 컨디션이 좋아 보이네요.]

핀치의 1회 모습은 극강이었다.

구속은 물론이거니와 제구까지 잡힌 모습은 평소의 그가 아니었다.

'1회가 기회라고 생각했는데…….'

이동건 감독도 찬열과 같은 생각을 하고 있었다.

핀치를 1회에 무너뜨린다.

그랬기에 김대우에게 따로 주문을 했다. 공을 많이 보라고.

하지만 그럴 틈이 없었다.

'공격적인 피칭으로 순식간에 카운트를 잡았다. 그 뒤에도 유인구는커녕 바로 승부를 들어왔고.'

공을 많이 보기 위해서는 유인구를 골라내야 한다.

그러나 상대는 정면승부를 택했다.

'총력전이라는 건가.'

그의 시선이 베어스의 감독 김경석에게로 향했다. 승부사라는 별명을 가진 감독으로 어떤 작전을 가지고 나올지 예측이 불가능한 감독이었다.

펑-!

"스트라이크! 아웃!"

또다시 삼진이 나왔다.

이번에도 적은 투구 수로 삼진을 잡아냈다.

공격적이면서도 제구가 정확히 잡힌 투구.

'예상대로 쉽지 않겠군.'

마음 속 한편에 가지고 있던 쉬운 경기의 가능성을 아예 지우는 이동건이었다.

＊ ＊ ＊

1회 초, 핀치는 삼자범퇴로 이닝을 끝냈다.

최고 구속이 152㎞까지 찍히면서 자신의 1회 평균 구속인 148㎞를 완전히 뛰어넘었다.

또한 13개의 공을 던지면서 단 하나의 볼도 나오지 않았다.

모두 스트라이크존을 통과하는 공.

그럼에도 불구하고 와이번스의 1~3번 타자들이 치지 못했다. 이 사실에 잠실야구장을 찾은 팬들이 환호를 질렀다. 일방적인 응원 속에 와이번스의 선발투수인 윤정길이 마운드에 섰다.

'씨발, 더럽게 긴장되네.'

욕이 절로 나왔다.

그만큼 분위기가 좋지 않았다. 불펜에서 몸을 풀고 체온도 올려 뒀다. 그런데도 마운드에 오르자 차갑게 식는 기분이었다.

이유는 알고 있었다.

중압감.

잠실구장은 오늘 만원 관중을 채웠다.

원정 팬이 2천 명가량이고 나머지는 모두 홈 팬이 자리하고 있었다.

잠실구장의 수용 인원은 3만 명이다. 즉 2만 8천 명에 달하는 사람들이 자신이 실패하기를 바라고 있었다. 경력이 많고 적고의 문제가 아니다. 이런 상황에 긴장을 하지 않을 사람이 있을까?

있을 수도 있겠지만 윤정길은 아니었다.

"후우-!"

윤정길은 마운드에 서서 깊게 숨을 내쉬었다.

긴장한 모습이 역력한 표정.

캐처 박스에 있던 찬열의 얼굴이 굳어졌다.

'좋지 않다.'

야구선수는 자신감이 중요하다.

자신을 믿지 못한다면 플레이에 망설임이 생기고 망설임은 곧 에러로 이어진다.

투수는 그게 실투로 나타난다.

제대로 공을 던지지 못하기 때문에 금방 무너질 수 있다.

'일단 올라가서…….'

찬열은 마운드에 올라가 윤정길을 진정시키려 했다.

그때 눈을 뜬 윤정길이 손을 들었다.

'올라오지 마.'

말은 없었지만 그의 의지가 전해졌다.

찬열은 고개를 끄덕였다.

'실수다. 내가 먼저 투수를 의심하다니…….'

아무리 흔들리는 모습을 보이더라도 투수의 능력을 의심해선 안 된다.

찬열은 잠시 캐처 박스에 서서 윤정길을 바라봤다.

몇 번의 심호흡을 더한 그가 마운드에 섰다.

그리고 손가락으로 밑을 가리켰다. 앉으라는 수신호였다.

'평상시로 돌아왔다.'

감탄하지 않을 수 없었다. 이 정도로 빠르게 평정심을 찾다니 말이다.

윤정길이 와인드업을 했다. 그리고 있는 힘껏 공을 뿌렸다.

뻥-!

"큭!"

손목을 저릿저릿하게 만드는 위력의 공이 미트에 꽂혔다.

아픔은 있었지만 입가에는 미소가 그려졌다.

"나이스 볼!"

정말 나이스 볼이었다.

연습투구가 끝나자 베어스의 1번 타자 김종석이 들어왔다.

그를 보자 찬열의 머릿속에 정보가 떠올랐다.

'올 시즌 57개의 도루, 타율은 3할 1푼 7리. 홈런은 2개. 한 방은 없지만 정확도가 높다. 특히 기습 번트도 자주 시도하는 선수.'

찬열의 눈앞에 스트라이크존이 그려졌다.

거기에 경기 전 브리핑에서 봤었던 타자의 핫 존과 쿨 존을 겹쳤다.

핫 존, 쿨 존은 한 시즌 동안 강했던 코스와 약했던 코스를 데이터화 한 것이다.

스트라이크존은 크게 9등분을 할 수 있는데 김종석은 몸쪽 코스에 약했고 바깥쪽에 강했다. 그리고 낮은 코스의 공에 조금 더 타율이 좋았다.

'타율은 평균적으로 높다. 하지만 첫 타석에서는…….'

김종석이 첫 타석에서 좋아했던 코스와 구종을 떠올렸다.

'바깥쪽 높은 코스. 빠른 공.'

그것을 떠올리자 찬열의 머리가 빠르게 회전했다.

그리고 곧 결정을 내렸다.

찬열의 손가락이 현란하게 움직였다.

사인을 받은 윤정길은 단번에 고개를 끄덕이고 투수판을 밟았다.

[윤정길 선수, 초구 던집니다!]

우완 사이드암으로 뿌리는 윤정길의 팔이 채찍처럼 휘둘

러졌다.

쐐액-!

손끝을 떠난 공은 매섭게 회전을 하며 좌타자인 김종석의 바깥쪽 높은 코스로 날아갔다.

'지금!'

좋아하는 코스가 날아오자 김종석이 시동을 걸었다.

회전력에 속도가 더해지면서 이내 최고 속도에 도달했다.

배트의 궤적과 공의 궤적이 정확히 일치하는 순간.

공이 갑자기 사라졌다.

'싱커!'

불현듯 뇌리에 스치는 하나의 구종.

하지만 이미 때는 늦었다.

부웅-!

[헛스윙! 초구 떨어지는 공에 김종석의 배트가 허공을 가릅니다!]

[멋진 싱커였습니다. 본래 싱커는 유인구로 많이 씁니다. 하지만 이번에는 아니었어요. 헛치지 않더라도 스트라이크존을 통과하는 공이었습니다. 매우 공격적인 투구입니다.]

'생각대로 됐군.'

포수가 가장 기분이 좋을 때는 자신의 생각대로 경기가 풀릴 때다.

방금 전 초구가 그랬다.

타자가 가장 좋아하는 코스에서 떨어지는 볼을 던져 배트를 유인한다.

말로는 쉽지만 투수가 제대로 던지지 못하면 불가능하다.

한데 윤정길은 자신이 원하는 대로 던져 줬다. 아니, 그 이상이었다.

'공이 홈 플레이트 부근에서부터 움직였다. 그래서 배트를 멈출 수 없었어.'

윤정길의 싱커는 매우 강력하다.

주 구종이라고 불릴 만큼 가장 많이 던지는 공이었다.

그럼에도 불구하고 김종석이 저렇게까지 헛쳤다는 것은 그만큼 오늘 싱커가 좋다는 의미다.

'싱커가 좋다면 더 이상 고민할 필요는 없다.'

찬열의 미소가 짙어졌다.

* * *

1회가 끝났다.

양 팀의 선발투수가 모두 삼자범퇴를 하고 마운드를 내려왔다.

[2회 와이번스의 4번 타자 정찬열 선수가 선두타자로 나옵니다. 올 시즌 정찬열 선수가 4번 타자로 기용이 된 건 처음 아닙니까?]

[맞습니다. 최근 타격감이 떨어진 김상필 선수보다는 정찬열 선수를 4번으로 두면서 공격력을 극대화시키겠다는 의도로 보입니다.]

타석에 들어선 찬열은 핀치를 노려봤다. 자신의 임무가 무엇인지 잘 알았다.

점수를 내는 것.

그것을 위해 주어진 4번이었다.

하지만.

펑–!

"볼!"

펑–!

"볼!"

딱–!

"파울!"

[핀치 선수 빠른 템포로 피칭을 이어갑니다. 1구 고속 슬라이더, 2구 커브, 3구는 체인지업이었습니다.]

[한 번도 좋은 공을 주지 않는 걸로 봐서는 승부를 피할 생각도 가지고 있는 거 같습니다.]

[그래도 선두 타자를 내보내면 안 좋지 않습니까?]

[그렇긴 합니다만 무리하게 승부를 걸어서 한 방을 맞는 것보단 낫습니다.]

야구에 있어 홈런은 단순히 1점이 아니다.

흐름이 아예 넘어갈 수도 있다. 그렇기에 한 방을 칠 수 있는 선수와의 승부는 매우 조심스럽게 가져간다.

대부분의 공을 유인구로 던지고 사구로 내보낼 수 있다는 생각까지 하고 볼 배합을 한다.

'그렇다고 칠 수 없는 건 아니지.'

찬열은 배트를 쥔 손에 힘을 주었다.

하지만 이내 손에 힘을 풀었다.

'아니야, 무리해서 칠 필요는 없다. 내 타이밍이 아니면 이 배트는 내밀지 않겠어.'

이미 한 번 호되게 당했던 찬열이다.

같은 실수를 할 필요는 없었다.

펑-!

"볼!"

펑-!

"베이스 온 볼!"

[핀치 선수, 첫 타자를 볼넷으로 내보냅니다. 깔끔하게 틀어막은 1회와는 시작이 다르네요.]

[최근 페이스가 좋은 정찬열 선수와는 어렵게 승부를 하겠다, 라고 생각하면 좋을 것 같습니다.]

승부를 피해야 될 정도로 최근 찬열의 페이스는 무서웠다.

그리고 베어스가 이런 작전을 선택한 이유가 있었다.

바로 뒤의 타자인 김상필의 타격감이 시즌 후반에 접어들면서 떨어졌다는 점이다.

최근 5경기 10타석 2안타, 1볼넷 7삼진을 당했다.

페이스가 많이 떨어져 선발에서 제외된 적도 있었고 중간에 교체된 경우도 있었다.

그만큼 페이스가 좋지 않았다.

그럼에도 불구하고 오늘 같은 경기에서 주전으로 넣은 이유는 이동건의 믿음이었다.

'타격 페이스란 떨어지더라도 언젠가는 올라온다. 그리고 이런 큰 경기에서는 베테랑인 상필이가 반드시 해줘야 된다.'

감독의 굳건한 믿음.

그것만큼 김상필에게 힘이 되는 건 없었다.

타석에 선 김상필은 최대한 어깨와 상체에 힘을 뺐다.

'큰 건 필요 없다. 가볍게 내 스윙을 하자.'

기분이 나쁠 만한 상황, 하지만 김상필은 자신의 스윙에만 집중했다.

그만큼 타격 페이스가 무너진 길 스스로 느끼고 있었다.

하지만 그게 오히려 득이 됐다.

펑—!

"스트라이크!"

펑—!

"볼!"

[2구! 체인지업에 배트가 나가다 멈춥니다.]

[잘 멈췄네요. 평소라면 속았을 유인구지만 오늘은 잡아냈습니다.]

[핀치 선수, 3구 던집니다!]

핀치의 투구 리듬은 매우 빨랐다.

거의 공을 받자마자 던지는 식이었다.

이번에도 마찬가지였다.

슬라이드 스텝을 밟는 순간 찬열이 1루에서 스타트를 걸었다.

견제를 하지 않았으니 당연한 선택이었다.

"2루!"

1루수가 다급히 외쳤다.

그 소리를 들은 포수가 몸을 반쯤 일으켰다.

막 홈 플레이트 앞을 지나는 공을 받아 2루로 던질 생각이 머리를 가득 채웠다.

그 순간.

딱-!

눈앞으로 검은 물체가 돌아갔다.

뒤이어 경쾌한 소리가 귀를 울렸다.

다급히 고개를 들어 멀리 날아가는 타구를 쫓았다.

"라이트!"

누군가가 외쳤다.

[김상필 선수, 3구를 때렸습니다! 빠르게 날아간 공이 우익선상에 떨어집니다!]

그사이 찬열은 2루를 지났다.

[스타트가 빨랐던 정찬열 선수, 3루로 내달립니다! 안전펜스에 부딪히며 튕겨져 나온 공을 우익수가 잡습니다!]

"고고!"

3루에 들어서던 찬열은 3루 주루 코치가 돌리는 팔을 확인하고는 곧장 베이스를 통과했다.

[정찬열 선수, 홈으로 달립니다!]

"백 홈!"

어느새 외야의 위치까지 나온 2루수가 소리쳤다.

그 소리를 들은 우익수는 스텝을 밟더니 있는 힘껏 홈으로 공을 던졌다.

"차앗!"

[공, 백 홈 됩니다! 정찬열 선수 홈 플레이트를 향해 슬라이딩!]

홈 플레이트는 순식간에 아수라장이 됐다.

달려드는 정찬열.

막으려는 포수.

그리고 그것을 확인하려는 구심까지.

모든 이의 시선이 집중됐다.

촤아아악-!

흙먼지와 함께 찬열의 손이 홈 플레이트를 훑고 지나갔다.

그 위로 포수의 미트가 내려쳐졌다.

퍽-!

모든 상황은 종료됐다.

이제 남은 건 구심의 선언이다.

모든 이의 시선이 이제는 구심에게로 이동됐다.

"세이프!"

구심이 양팔을 벌렸다.

동시에 한 손으로 포수의 뒤를 가리켰다.

그곳에는 하얀 공이 힘없이 구르고 있었다.

"아자!"

찬열이 점프하듯 일어나며 주먹을 불끈 쥐었다.

[공이 빠졌습니다! 제대로 포구가 되지 않으면서 태그 순간 공이 미트 밖으로 흘러나갔습니다!]

급박한 상황에 나올 수 있는 실수.

다행인 건 핀치가 이후 2명의 타자를 삼진과 병살타를 유도하면서 더 이상의 실점을 하지 않았다는 것이다.

[실점을 하긴 했지만 핀치 선수 훌륭하게 2회를 막아내고 마운드를 내려옵니다!]

[사실 더 흔들릴 것이라 생각했는데 핀치 선수, 빠르게 안정을 찾

으면서 더 이상의 실점을 하지 않는군요.]

준비를 끝내고 나온 찬열이 캐처 박스에 섰다.

'일단 리드는 잡았다.'

그의 시선에 마운드에 서는 윤정길이 보였다.

차분하게 마운드를 점검하는 모습이 믿음직스러웠다.

'2회에도 잘해 보자.'

찬열은 자리에 앉았다.

[2회 말 서울 베어스의 반격이 시작될 것인가? 타석에는 4번 타자 한동우 선수가 들어섭니다. 마운드에는 1회 말을 삼자범퇴로 깔끔하게 막은 윤정길 선수가 계속 지킵니다.]

"플레이볼!"

구심의 외침과 함께 경기가 재개됐다.

* * *

[초구 던집니다! 몸 쪽을 찌르는 날카로운 직구!]

[손을 댈 수 없는 코스였습니다.]

[2구! 체인지업에 배트를 맞췄지만 파울이 됩니다!]

[매우 공격적인 피칭이 이어지고 있습니다.]

[3구! 떨어지는 싱커에 배트가 헛돕니다! 삼구삼진!]

[떨어지는 각도가 예술입니다! 알고 있었다 하더라도 칠 수 없는

공이었어요!]

네 타자 연속 범타.

하지만 그건 시작에 불과했다.

[5번 타자를 상대로 초구 던집니다! 초구를 강타, 유격수 앞 땅볼입니다. 1루에 가볍게 던져 투아웃!]

[6번 타자 2구를 타격! 평범한 중견수 플라이입니다. 거의 제자리에서 공을 잡습니다.]

* * *

"이야, 이거 뭐야?"

"왜 이렇게 진행이 빨라?"

"투수전이라서 그런가?"

관중석이 술렁이기 시작했다.

경기 시작 1시간밖에 안 됐다. 그런데 벌써 7회를 향해 달려가고 있었다.

1루 쪽 관중석에 앉아 있던 청년이 고개를 들어 전광판을 확인했다.

1 대 0.

1회와 같은 스코어였다.

[정말 대단한 투수전입니다. 양 팀 합계 안타는 단 1개밖에 나오

지 않고 있습니다. 특히 윤정길 선수는 6회 말까지 18명의 타자를 모두 범타로 처리하면서 아직까지 1루 베이스에 흙이 묻지 않았습니다.]

[무슨 말로 표현을 해야 될지 모르겠네요. 6회를 막으면서 던진 공이 고작 66개입니다.]

적은 투구 수.

그것이 의미하는 건 공격적인 피칭을 말한다.

그럼에도 불구하고 안타가 나오지 않았다.

오늘 윤정길의 볼 끝이 얼마나 좋은지 단적으로 보여주는 부분이었다.

'마치 마구 같다.'

더그아웃에 돌아온 찬열이 한쪽에 앉아 정신을 집중하는 윤정길을 보며 생각했다.

본래 윤정길의 싱커는 국내에서도 손에 꼽힐 정도다.

하지만 오늘은 더욱 특별했다.

공이 마치 살아 있는 것처럼 움직였다.

특히 홈 플레이트 부근까지 포심처럼 날아오다 뱀이 움직이듯 밑으로 떨어지는 공에 타자들이 제대로 타격하지 못했다.

다른 공들 역시 마찬가지였다.

포심과 체인지업, 그리고 간간히 던지는 슬라이더까지.

모든 구종이 홈 플레이트 부근에서 움직이기 때문에 타자들은 미칠 노릇이었다.

'그리고 내 리드에 한 치의 오차도 없는 제구까지.'

지금까지 던진 66개의 공 중 실투가 없었다.

모두 자신이 원하는 코스에서 움직이는 공들이 들어왔다.

덕분에 계획대로 경기를 운영할 수 있었다.

'퍼펙트게임…….'

이쯤 되면 생각나는 기록이었다.

경기에 집중하고 있기 때문에 투수는 모를 수도 있다.

하지만 뒤를 받쳐 주는 수비수들은 모두 알고 있다.

'모두 긴장하고 있다.'

더그아웃의 공기가 말해주고 있었다.

무겁게 가라앉은 공기 속에서 찬열은 깊게 한숨을 내쉬었다.

'집중하자.'

그는 집중력을 끌어올렸다.

이제부터는 미지의 세계에 들어가는 것이다.

미국에서의 경험에서도 노히트노런 같은 대기록을 리드한 적은 없었다.

퍼펙트게임, 아니, 그 아래인 노히트노런조차 이루지 못하고 은퇴하는 선수가 더 많다.

한국에서는 고작 11명만이 성공한 노히트노런.

퍼펙트게임의 달성자는 여전히 공백으로 남아 있었다.

그만큼 어려운 기록.

하지만 여기까지 온 이상 욕심도 났다.

그 기록에는 투수만이 아니라 그것을 같이 이룬 포수의 이름도 들어간다.

즉, 포수에게도 명예로운 기록이란 소리다.

그것에 욕심이 나지 않을 선수는 단 한 명도 없었다.

한편, 베어스의 더그아웃도 술렁이기 시작했다.

노히트노런은 달성하는 팀에는 대단한 기록이다.

하지만 그것에 당하는 팀은?

치욕스러운 기록으로 남게 된다.

2000년을 마지막으로 더 이상 노히트노런은 나오지 않았다. 그 기록에 제물이 되고 싶은 마음은 없었다.

그들의 마음속에서 오기가 꿈틀거리기 시작했다.

그 모습을 지켜보던 김경석이 입을 열었다.

"최 코치."

"예, 감독님."

"불펜에 연락 넣게."

그 말은 곧 투수를 교체하겠다는 의미다.

1회를 제외하고 노히트로 이닝을 틀어막고 있는 핀치다.

그럼에도 바꾸겠다는 건 더 이상의 실점을 막겠단 의미다.

또한 이번 경기에서 이기겠다는 무언의 의지를 전달한 것이다.

"알겠습니다."

투수 코치는 곧장 불펜에 연락을 넣었다.

그사이 7회 초 와이번스의 공격이 시작됐다.

* * *

베어스는 7회도 무실점으로 와이번스의 공격을 막았다.

선발인 핀치가 안타를 허용하자 지체 없이 두 번째 투수를 올렸다.

그 결과 1 대 0의 스코어로 7회 말 수비가 됐다.

[현재까지 18명의 타자를 상대한 윤정길 선수, 마운드에 오릅니다.]

캐스터는 일부러 퍼펙트란 단어를 뺐다.

일종의 불문율이다.

대기록을 이어가고 있을 때 그에 관해서 이야기를 하지 않는다.

사실 이는 선수들 사이에 통용되는 불문율이다. 그럼에도 캐스터는 일부러 이야기하지 않았다.

그만큼 퍼펙트게임은 대단한 기록이니까.

찬열은 타석에 선 김종석을 바라봤다.

'세 번째 타석이다. 공이 눈에 익었을 게 분명해.'

지금부터가 진짜였다.

이제부터 타석에 들어서는 타자들은 세 번째 타석이다.

아무리 윤정길의 공이 좋다지만 경기 초반과 중반, 그리고 후반의 구위 차이는 있다.

공을 많이 던지지 않았다 하더라도 마찬가지다.

'퍼펙트게임을 선배가 모를 리 없다.'

마운드 위에서야 모를 수도 있지만 더그아웃은 아니다.

워낙 많은 일이 벌어지는 더그아웃이다.

선수들이 조심해 준다 하더라도 관중석과 가깝기에 그들의 외침이 들릴 수도 있다.

관중을 탓할 일도 아니었다.

자신이 응원하는 팀이, 그리고 선수가 대기록을 작성 중이다.

당연히 응원할 수 있었다.

문제는 흔들리는 선수다. 하지만 아직까지 윤정길에게 그런 모습은 보이지 않았다.

냉정하게 자신의 공을 던졌다.

'이제부터 내 몫이다.'

타자들은 타석에 들어올 때마다 정보를 얻는다.

본인의 타석이 아니더라도 동료가 정보를 전달해 준다.

그렇게 쌓인 정보를 토대로 투수를 공략한다.

빠른 투수 교체는 이런 정보가 쌓이지 않기 위해서 하는 전술 중 하나다.

물론 뛰어난 타자들은 감각적으로 쳐 내지만 말이다.

중요한 건 그게 아니다.

'타자들의 머릿속에는 오늘 선배에 대한 모든 정보가 들어가 있다고 해도 과언이 아니다.'

투수의 기본적인 정보는 이미 알려져 있다.

어떤 구종을 던지고 어느 정도의 구속을 던질 수 있는지.

하지만 투수는 기계가 아니다.

항상 정보대로만 공을 던지는 게 아니란 소리다.

그날의 컨디션에 따라 볼의 움직임이 달라지고 구속이 차이가 생긴다.

그 미세한 부분을 잡아내는 건 선수들이다.

오늘 윤정길의 공이 좋았다 하더라도 타자들의 머릿속에는 그것에 대한 정보가 들어갔다고 봐야 된다.

'초구의 반응을 보자.'

찬열이 손가락을 움직였다.

'몸 쪽으로 떨어지는 싱커.'

유인구였다.

윤정길의 성격을 봤을 때 거부할 수도 있다.

하지만 의외로 거부하지 않았다. 그 역시 지금 상황이 어떤지 알고 있었다.

타자가 공에 어떤 반응을 보이는지 우선 알아야 했다.

윤정길이 투수판을 밟자 타자가 루틴을 가져갔다.

빠르지도 느리지도 않았다.

'신중하다.'

퍼펙트게임을 당하고 있는 상황.

당황할 수도 있고 흥분할 수도 있다.

하지만 김종석은 신중하게 자신의 리듬을 가져갔다.

그의 준비가 끝나자 구심이 외쳤다.

"플레이!"

구심의 외침이 나오자 윤정길이 초구를 던졌다.

쐐액-!

홈 플레이트보다 조금 앞에서 변화를 일으켜 아래로 떨어졌다.

공의 변화가 빨랐다. 그래서인지 나가던 김종석의 배트가 멈췄다.

퍽-!

"볼!"

[정찬열 선수, 3루심에게 확인을 요청합니다. 배트 돌지 않았다는 판정이 나옵니다.]

[속을 수 있는 공인데도 잘 멈췄습니다.]

[2구 던집니다!]

퍽-!

"볼!"

딱-!

"파울!"

퍽-!

"볼!"

3볼 1스트라이크.

[오늘 경기 처음으로 볼카운트를 불리하게 가져갑니다.]

4개의 공을 받으면서 찬열은 알 수 있었다.

'부담감을 느끼고 있다.'

윤정길은 베테랑이다. 하지만 노히트노런이나 퍼펙트게임과는 인연이 없었다.

다른 투수들처럼 말이다. 그런 상황에 처음 놓이다 보니 긴장하고 있었다. 무엇보다 팀의 4강 진출을 확정지을 수 있는 경기다 보니 더욱 부담감을 느꼈다.

어려움 속에서도 지금까지 잘 던져 준 윤정길이 고마웠다.

'내가 해줄 수 있는 건…….'

찬열이 다시 마스크를 썼다.

그리고 눈을 감았다.

그러자 누군가 했던 말이 떠올랐다.

"타자의 움직임에는 의미 없는 게 없다. 손동작, 발의 위치, 배트를 잡는 법, 그리고 할 수 있으면 생각까지 훔쳐."

누가 했던 말일까?

잘 기억이 나지 않는다.

하지만 그 말이 지금 떠오른 이유는 알고 있었다.

'내 시야에서 볼 수 있는 최대한 많은 정보를 찾아내라.'

찬열은 정신을 집중했다.

포수가 정보를 얻을 수 있는 시간은 길지 않다.

경기가 루즈해지면 구심이 경고를 줄 수도 있었다.

그렇기에 최대한 빨리 정보를 얻어야 했다.

'네 개의 공을 보면서 움직임을 보인 건 초구와 세 번째 공. 두 번째와 네 번째에서는 배트를 내밀 기미가 없었다. 뭐가 다른 거지?'

머릿속에 첫 번째와 세 번째 공의 구종, 코스, 구속을 떠올렸다.

'첫 번째는 싱커, 몸 쪽으로 떨어졌다. 세 번째는 포심, 역시 몸 쪽 낮은 코스로 들어갔다. 하지만 그 위치는 김종석이 싫어하는 코스다.'

거기까지 생각하자 하나의 가정이 떠올랐다.

'코스를 좁혔다.'

극단적이긴 하지만 좋은 방법이다.

처음부터 그런 의도를 가지고 타석에 들어서지는 않았을 것이다.

'아마 첫 번째 공을 보고 선택한 것이겠지.'

김종석은 야구 센스가 좋다.

그런 타자가 윤정길의 공이 이상하다는 걸 눈치채지 못했을 리 없다. 그렇다면 바로 공략법을 떠올렸을 것이다.

'그러고 보니 첫 번째 공을 보고 타석에서 물러나 있는 시간이 길었다.'

그때 지금의 계획을 세웠을 것이다.

이는 머리가 빠르고 말고의 문제가 아니었다.

타고난 센스.

그것도 야구에 특화된 센스가 빛을 발한 것이다.

하지만 찬열은 이런 타자를 공략하는 법을 알고 있었다.

'지금 봤을 때 좁힌 코스는 몸 쪽 낮은 코스다. 그렇다면…….'

찬열이 손가락을 움직였다.

'바깥쪽 낮은 코스.'

원래라면 김종석이 가장 좋아하는 코스다. 게다가.

'포심입니다.'

가장 치기 쉬운 공을 가장 좋아하는 코스에 꽂아 넣어야 했다. 현재 악력이 떨어져 구위가 떨어진 윤정길에게는 무리한 부탁일 수도 있다.

하지만 이 공을 던져야 했다. 거부한다면 다시 한 번 사인을 낼 생각이다.

그러나.

끄덕—!

윤정길이 바로 고개를 위아래로 움직였다.

승낙의 의미였다.

한 치의 망설임도 없는 그의 태도에 찬열은 처음 그와 호흡을 맞추던 때가 떠올랐다. 하지만 이내 고개를 저어 과거의 기억을 떨쳐 냈다.

'포수인 내가 감정적이 되면 어쩌자는 거냐?'

다시 냉정해진 찬열이 미트를 내밀었다.

"플레이!"

심판의 콜과 함께 윤정길이 와인드업을 했다. 부드럽게 이어진 투구 동작에 이어 팔이 채찍처럼 허공을 때렸다.

쐐액—!

손끝을 떠난 공이 매섭게 날아왔다.

'어?!'

코스를 확인한 김종석의 몸이 반사적으로 반응했다. 하지만 너무 늦었다.

퍽-!

후웅-!

공이 미트에 박힌 뒤에야 배트가 허공을 갈랐다.

"스트라이크!"

"제길!"

구심의 외침과 동시에 김종석이 거칠게 욕설을 내뱉었다.

[좋은 코스에 공이 들어왔는데 김종석 선수, 완전히 타이밍을 놓쳤습니다.]

[스윙을 봤을 때 완전히 허를 찔린 것 같습니다. 본인이 좋아하는 코스인데도 배트가 나가지 않았다는 건 다른 코스를 노리고 있었나 본데요?]

위험한 도박이었다. 그만큼 성공으로 인한 대가는 달콤했다. 풀카운트에서는 타자보다 투수가 유리하다. 왜냐하면 타자는 웬만큼 비슷한 공에는 무조건 배트를 내밀어야 되기 때문이다. 선택의 폭이 넓어진다는 의미다. 더 이상 노림수를 가질 수도 없게 됐다. 그것을 알기에 찬열은 여유롭게 리드를 했다.

그 결과.

퍽-!

"스트라이크! 아웃!"

[8구째 만에 헛스윙 삼진으로 타자를 잡아냅니다!]

김종석을 상대하는데 투구수가 많았다. 하지만 찬열은 조급하지 않았다.

'타자를 관찰해라. 하나에서부터 열까지. 모든 움직임을 보고 정보를 얻어내!'

마치 스토커가 된 것처럼 찬열은 타자의 움직임을 관찰했다.

그 결과.

펑—!

"아웃!"

[4구 만에 또 다시 삼진을 잡아내는 윤정길!]

딱—!

[1루수! 직접 공을 잡아 베이스를 밟습니다. 다시 한 번 삼자범퇴로 이닝을 막아냅니다!]

더그아웃으로 돌아가던 찬열은 윤정길과 교차했다. 걸음을 늦춰 윤정길이 먼저 더그아웃에 들어갈 수 있게끔 배려했다.

그때 앞서가던 윤정길이 몸을 돌려 찬열에게 글러브를 내밀었다.

"나이스 리드였다."

"감사합니다."

퍽—!

글러브와 미트가 부딪히며 묵직한 소리가 들렸다.

"남은 2이닝, 잘 부탁한다."

찬열의 얼굴에 놀란 빛이 나타났다. 이번 시즌 윤정길이 경기중 자신에게 이런 말을 한 적이 있었던가?

없었다.

남들에게는 그저 잘해보자는 의미로 들릴 수도 있는 말.

하지만 포수들은 알았다.

저 말의 의미를.

널 믿고 있다.

팀의 에이스가 자신을 믿어준다는 건 포수에게는 최고의 보상이었다.

찬열의 입가에 짙은 미소가 지어지며 고개를 끄덕였다.

"예!"

* * *

8회 초, 또다시 삼자범퇴로 이닝을 마감한 와이번스가 수비에 들어섰다.

캐처 박스의 찬열은 다시 타자를 관찰했다. 타석에 서기 전 타자는 다양한 행동을 한다. 그 모든 행동이 정보가 되지는 않았다. 무의미한 행동도 있고 상대를 속이기 위해 하는 것도 있었다. 그런 상황에서 포수는 유용한 정보를 찾아내야 했다.

쉬운 일은 아니다. 평소의 찬열이라면 할 수 없었다. 하지만 오늘은 달랐다.

퍼펙트게임이라는 특별한 상황.

그리고 윤정길이 보내준 신뢰.

그것이 맞물려 능력 이상의 집중력을 내게 해주었다.

현재 찬열의 눈에는 기존의 것과 다른 풍경이 보이고 있었다.

타자가 배트를 쥐는 모습, 타석에 서서 벌리는 보폭과 스탠스. 그리고 그의 시선이 향하는 곳까지.

심지어는 호흡까지 느껴졌다.

'이게 뭐야?'

본인조차 생전 처음 경험하는 현상에 당혹스러웠다.

그 순간 그것들이 사라졌다.

'안 돼!'

지금은 저 미지의 힘이 필요했다.

찬열은 다급히 눈을 감고 호흡을 안정시켰다. 그리고 다시 눈을 떴을 때.

일순간 나타났던 당혹감이나 의혹은 모두 사라져 있었다.

다시 집중력을 끌어올렸다. 다행히도 그것들이 다시 보이기 시작했다.

찬열은 집중력이 깨지지 않게 정신을 집중하며 윤정길을 리드했다.

[윤정길 선수! 8회 말에도 극강의 모습을 보여줍니다! 첫 타자를 삼진으로 잡아내고 5번 타자 김민수 선수를 상대합니다.]

윤정길은 찬열의 리드에 완벽히 따라왔다.

찬열도 집중력을 끌어올리며 최대한 타자의 정보를 모아 리드를 했다.

모든 것이 완벽해 보였다.

하지만.

변수는 의외의 곳에서 나타났다.

'나한테 오면 안 되는데.'

퍼펙트게임.

그것이 주는 중압감은 투수와 포수, 두 사람만 받는 게 아니다.

투수의 뒤를 지켜주는 수비수들.

특히 내야수들의 중압감은 투수와 비슷할 정도로 컸다.

내야에는 생각보다 빠른 공이 날아온다.

타자에 따라 다르지만 대체적으로 타구의 속도는 150㎞를 상회한다. 특히 강습 타구나 라인드라이브는 160㎞가 넘는 것도 많다.

그런 공들이 정면 혹은 측면에서 날아온다.

내야에서 에러가 자주 나오는 이유다.

하지만 지금은 실수가 허용되지 않는 상황이다.

그 사실이 내야수들의 어깨를 짓눌렀다.

다행인 건 내야를 지키는 선수들의 대다수가 베테랑이란 점이다.

그러나 단 한 명.

2루수는 아니었다.

와이번스의 1번 타자 김대우.

그동안 대타 요원으로 자주 출장을 했던 그다. 정규 타석에 진입한 건 올 시즌이 처음이었다. 그럼에도 불구하고 시즌 막판까지 열심히 치고 달렸다. 그런 김대우에 대한 팀의 믿음은 굳건했다.

문제는 김대우 본인이다. 이런 상황을 경험해 보지 못했다. 다른 선수들도 퍼펙트게임에 관한 경험은 없었다.

하지만 다른 식으로 중압감을 이겨내는 법을 배웠다. 국가대표이거나 포스트시즌을 통해서 말이다.

김대우는 그런 게 없었다. 큰 무대에서 뛰어본 경험이 전무했다.

당연히 지금 상황에서 다른 선수들보다 더 큰 중압감을 느꼈다.

'제발 오지 마!'

하늘에 대고 빌었다.

문제는 하늘이 참으로 고약하다는 것이다. 꼭 이런 상황에서는 오지 말라고 하는 사람에게 공이 갔다. 그리고 이번에 도 그 법칙이 적용됐다.

to be continued